屠羊社區的小祕密

作者——崑崙
插畫——ALOKI

目錄

目錄

第一章　像野獸一樣非常不得了

一如每個喝多宿醉的人，寧夏醒來時，第一個感受便是頭要裂開似的劇烈疼痛，好像有錐子往死裡鑽，要撬開她的頭蓋骨才肯罷休。

她踢開棉被，記不起究竟喝了多少，現在只有後悔莫及、捂頭呻吟的分。

寧夏的臉被亂髮覆蓋，那是乾淨的純黑髮色，跟她穿的素面襯衫一樣黑。現在襯衫滿布皺痕，像沒有擰水便放任風乾的皺抹布。

頭痛持續折磨寧夏，她只能像灘爛泥躺在床上，不能亂動。就連呼吸都要放緩。

「水……」大量攝取的酒精導致寧夏脫水，乾渴的喉嚨急需滋潤。

寧夏的呼喊嘶啞又微弱，想起這是剛搬入的新租屋。她獨自入住，所有的呼喊都是徒勞。

「喏。」有人出聲，一根吸管湊到寧夏嘴邊。她嗅到礦泉水的清新味道，立刻含住吸管。

「小心點，喝太急會嗆到。」那人繼續說。

渴瘋的寧夏聽不進去，終於如那人所說的岔了氣，嗆得咳嗽，灑出的礦泉水弄濕了枕頭。

「就跟你說了吧。」

寧夏聽到抽衛生紙的聲音，隨後嘴唇有薄又柔軟的觸感，那觸感延伸到臉頰去。

那人在替她擦嘴擦臉。

真貼心……寧夏心想，這種被照顧的感覺真好，讓她差點要安心睡去。

不對，怎麼會有人！寧夏嚇得睜大眼。

近在枕邊的人背著光，看不清容貌，只有人致輪廓。短髮，顯瘦，衣服偏寬鬆。從聲音聽起來是個男性。

你到底是誰？寧夏想問。

那人彷彿搶先一步讀取她的想法：「你該不會想問我是誰吧？這麼輕易就忘記了？」

寧夏虛弱眨眼，還沒有力氣好好說話。

「你忘記昨晚對我做了些什麼？」那人抱怨，離開床邊，把礦泉水的瓶蓋重新扭緊，放到床邊的小桌。

不再背光的他終於讓寧夏看清楚實際樣貌。

是個看上去年紀很輕的男性，穿著白色的落肩寬袖T-shirt，長至肘部的袖口下，露出一截手臂，可以看見皮膚微微浮出青色血管，一直蔓延至手背。

也許是與寬鬆衣服對比的關係，讓少年的手臂顯細。可是看在寧夏眼裡，有一股強烈的直覺，認定少年的雙手絕非外顯的細瘦無力。

那種感覺就好像少年的雙手另外擁有靈魂與意志，可以額外執行很多事。

——很多很多事。

寧夏不明白這樣的直覺是從何而來。她仍在小心觀察面前陌生的少年。

少年慵懶地撥開略長的瀏海，在窗邊陽光的照射下，讓本來就不深的黑髮透出棕色。

「這樣太犯規囉，不是裝傻就能當沒事。」少年的嘴角似乎是出於習慣，一直微微彎起，讓他看起來好像都在笑。

寧夏並非裝傻，喝到斷片失去記憶的她，實在記不起昨晚發生什麼。

「要重新自我介紹嗎？」少年問。

頭仍然貼在枕上的寧夏輕輕點頭。眩暈仍在持續，但弄不清這個少年的來歷更令她頭痛。

床墊一陣搖晃。少年又回到床邊，盤腿在寧夏身旁坐下，擋住部分刺眼的陽光。

「我叫東頤，連這都忘了嗎？」

「不記得了……」寧夏很在意：「我昨晚對你做了什麼？」

「你喝得很醉，還發酒瘋。那真是非常不得了，好像野獸。」

「野獸？我？」

寧夏愣住，打從出生有記憶以來，野獸就是與她無緣的詞。

東頤別過頭。「你強迫我跟你發生關係。」

「你說的關係是？」

「就是那種關係。」

「不可能！」寧夏掙扎爬起，隨即被宿醉的眩暈重擊，立刻倒回枕上。

寧夏吃力望著東頤，即使那是好看的一張臉，她也不可能做出這種事。

「我沒有、這絕對不可能。」

東頤拉起一邊袖子，露出上臂的一道道紅色抓痕。其中幾道還破皮滲血。他語氣冷淡地說：「這是你昨晚抓的。還有很多，要看嗎？」

東頤作勢要脫下整件上衣，寧夏趕緊喊停：「拜託你不要！」

東頤停下。「你願意承認了嗎？」

「不、不是，我真的不知道……」寧夏急得想哭。可是她的所有反駁都太薄弱，毫無記憶可供支撐，東頤手臂的抓痕又是那樣真實。

「我怎麼可能做出這種事？我只是喝酒而已。」寧夏的頭越來越痛。「我強迫你……你為什麼不反抗？」

「你這是在檢討受害者喔。」東頤說：「本來還以為是哪來的好心大姐姐請我喝酒，結果被你一直逼酒。醉到不能動。真是太恐怖了。年輕的男孩子真的要懂得好好保護自己。」

又是背光。寧夏看不清楚東頤的表情，只能聽出語氣中滿滿的怨懟。

「我沒有那個意思，你不要這樣說。」寧夏閉起眼睛，愧疚得不敢多看東頤。「你希望我怎麼做？可以怎麼補償你？」

「補償？」

「如果可以的話。」寧夏很心虛。

東頤沒答。寧夏不敢睜眼，連呼吸都很小心，怕任何一點粗魯都會冒犯東頤。僅僅是一分鐘的沉默，就讓寧夏以為過了一小時之久。

幸好東頤終於開口。

「收留我。」

寧夏以為聽錯了。「收留？你在說什麼？我對你做出那種事……」

「我知道那不是你的本意，是喝太多了。你無視酒精濃度，把酒當水喝，當然要發酒瘋。」東頤補了句：「你其實不是壞人。」

這句話毫無安慰效果，寧夏只顧著驚慌。「我幫你付房租，不管多少都沒關係，你另外找地方好不好？」

「不好。」東頤迅速否決。「我無家可歸，也沒有親人朋友，只能待在你這。」

「就說可以幫你付房租了啊！這樣是同居耶，跟才剛認識一個晚上的男生同居？不要，絕對不要，這真的好奇怪！」

東頤提醒：「我不會對你怎麼樣。角色顛倒了，是我要提防你才對。」

「你會擔心為什麼還要留下來？太奇怪了吧！」

「我是未成年喔，事情傳出去你會很麻煩喔。」東頤冷不防地說。

「未成年？你是說你、你你你你……還沒滿十八歲？」寧夏多希望這是假的。但是要說東頤是高中生的話也毫無違和，確實擁有那樣的氣質。

「而且我是被強迫的。」東頤再補上一句，嚇得寧夏想吐。

寧夏不得不慶幸對昨晚發生的一切沒有印象，否則羞愧到自盡一百次一千次都不夠。

「我不懂、真的不懂啊！」寧夏有無法壓抑的哭腔：「都這樣了為什麼你還要留下？全部都很奇怪啊。」

「如果非要給個解釋的話，就像在冰櫃裡挑中的冰棒，一定要這個口味才行。」

「非得要住在我這裡，你才滿意嗎？」寧夏連眼淚都壓不住了，瞬間浸濕枕頭。好羞恥好糟糕好討厭。不喝酒了、絕對不再碰酒了。

「只能在你這裡喔。」東頤鄭重點頭說：「這是我挑中的冰棒。」

寧夏閉起眼睛。隨著眼皮闔上，發燙的眼淚被擠出許多。她深呼吸幾次，遮臉的髮絲被呼出的鼻息吹動。

東頤同樣沉默，耐心等待她的回答。

幾分鐘後，寧夏忽然用手撐起身體，正對著東頤坐好。她的臉頰布滿未乾的淚痕，眼白與黑瞳分明的眼眸筆直望著東頤。

「如果你一定要賴著我的話，隨你高興，想怎麼樣就怎麼樣。可是我只能收留你一個月，不是因為租約只有一個月的關係。」

寧夏忍著侵襲的暈眩與頭痛，一字一字把話說清楚：「是因為從搬進這個社區開始，我就決定了……」

「決定什麼？」

「一個月後，我就去死。」

第二章 難道這是貴圈的既定套路

「一個月後，我就去死……你為什麼一點反應都沒有？」

「我應該驚訝嗎？」東頤反問，雙手捧著臉頰，嘴巴微張，做出極具嘲諷的困惑表情，讓寧夏看了惱火。

「去死！」寧夏隨手抓起枕頭，往東頤砸去。

這一砸，暈的不是欠揍的男孩，反倒是寧夏自己。宿醉仍未消退，她哀號一聲，整個人倒回床上。

「嗚……」寧夏發出小小的哀鳴，動也不動。

東頤微涼的指尖伸來，撥開她貼臉的瀏海與亂髮。「為什麼不想活？」

「我沒有不想活。」

「但你選擇去死。」

「又不一樣。」

「這是什麼腦筋急轉彎嗎？寧夏姐姐，我知道我很聰明，可是這樣考驗我的智商沒有意思。」東頤食指捲著寧夏的髮尾，嫌煩的她伸手拍掉。

東頤縮手。「一個月很快就過了，你不會忍受我太久。別忘記你說過的話。」

「一起住可以，有幾個規定你要遵守。首先是不能跟我睡同一張床，去打地鋪。」

「打地鋪？」東頤訝異反問：「這麼大的屋子，你要我睡地上？我睡其他房間，或是另外弄張床不好嗎？」

寧夏這間租屋是兩房一廳一衛浴的構造，扣除目前所在的臥室，還有一間空房。

其實整個租屋看起來都很空。這間房也很簡單，置有一張雙人床，床頭邊附有木質小茶几，上頭擱著東頤放的瓶裝礦泉水。另外有鑲在牆裡的淺橡木色系統衣櫃。沒了，如此簡單。

扣除原本附有的基本家具與家電，匆忙入住的寧夏沒有攜帶太多物品，有的僅僅是擱在床邊的行李箱，幾件衣物被她隨意扔在敞開的行李箱上，好像被小偷亂翻過似的。

「今天是好天氣，適合洗衣服。」東頤拉了摺痕明顯的床單，也沒放過被子。「這些都是新買的吧？有新的布織品的味道。」

寧夏搶回被子，把頭蒙住。「別碰這些，我還要睡。」

「新買的床單最好洗一下，多餘的棉絮跟灰塵對皮膚不好。」

寧夏沒答。

東頤離開床，沒有繼續打擾寧夏，來到行李箱前替她把衣服摺好。

除了寧夏現在穿的黑色素面襯衫與同為黑色的修身長褲，其他的衣服都是寬鬆柔軟的質料，多是黑色或大地色系，只求舒適，不在意好不好看。

「你的東西太少了，這樣夠生活？」東頤把尺寸偏大的長袖上衣跟寬棉褲整齊摺好。

「反正就一個月。只剩這點時間想活的人是需要多少？」寧夏悶悶的聲音從被子裡傳來。她是鐵了心還要賴床。

「看你需要多少，就準備多少。」東頤頓了頓。「不過這樣太簡陋了，還有很多日用品需要準備。至少你不會只想用清水洗頭洗身體，洗不掉酒臭味。」

「我身上有酒臭味？」被子裡傳來陣陣吸嗅聲，寧夏在確認。

「嚇你的。」東頤看見寧夏又伸手去抓枕頭，搶先一步按住她的手腕，「別調皮了，枕頭是無辜的。」

「第二個規定，」寧夏用力抽開手。「不准碰我。」

東頤舉起雙手投降。「對不起。」

悶在被子裡的寧夏不太開心，不習慣東頤的觸碰。

不只是因為這男孩陌生，令她戒備，更因為冰涼的指尖。這讓她直覺聯想到蛇或蜥蜴之類的冷血動物，卻說不上來為什麼有這樣的想像。

寧夏發現沒有東頤的聲音了。男孩已經不在房間，至少不在她視線所及的範圍。

這傢伙跑去哪？

寧夏小心翻身換了方向，從打開的房門往外看。

客廳微暗，既沒開燈也沒拉開窗簾，但有隱約的暖黃光線。她試著回想，那個方向似乎是……

「這裡的衛浴只有一間，要跟你共用了。」東頤的聲音傳來，有點距離，為了讓寧夏聽到，所以他用喊的：「我上廁所都是用坐的，你不用擔心。我也討厭滴得到處都是。」

寧夏遲了幾秒才聽懂他的意思，慢慢漲紅臉，扯開喉嚨回了一句。

「隨便你！不用跟我講！」

×××××

「不要用那種表情看我，我有好好洗手。」返回床前的東頤舉起雙手，來回翻轉，秀出手心手背。「瞧，也有仔細擦乾。」

寧夏發現東頤擁有修長的手指，手掌也比想像中的還大。

「不是這個問題。」側躺在床的寧夏蜷曲身體，懷裡抱著枕頭，被子隨便披在身上。病態的蒼白臉蛋讓黑眼圈更加明顯。

「我也有好好沖水。」東頤又說。

「夠了。」寧夏瞪了他一眼，那是疲憊厭世的一雙眼睛。「另一個房間給你，看你要整理或弄地鋪什麼的都好，讓我靜一下。想要訂床鋪的話你自己先挑，我之後再付錢。」

「真大方。」東頤放下雙手，環顧房間，「這間房子這麼大，租金很貴吧？廁所也寬敞，浴室是乾濕分離的。」

「嗯？沒有，很便宜。」寧夏報出房租，東頤聽後吹了聲口哨。她又說：「你不信？我拿這個說謊沒意思。」

「我信。這個房租雖然不合理，但不到太離譜。」東頤補了句：「很特別的價碼。」

「便宜，離鬧區有段距離。還可以看到山，很安靜。」寧夏說，這是當初選中這裡的原因。「山跟海你喜歡哪個？」

「沒想過。你喜歡哪個我就喜歡哪個。」

「敷衍的回答。你走吧，我要再睡一下，把門關上，不准隨便進來。」

東頤揮揮手，替寧夏把房裡的窗簾拉緊，只剩殘存的微光從窗簾的邊縫落下。

雖然是白天，他卻對寧夏說了晚安，然後踩著輕到幾乎聽不見的步伐，經過床邊。

寧夏動也沒動，只有眼珠子追著東頤移動的軌跡。

最後門喀噠一聲，被輕輕關上。

××××

寧夏的回籠覺相當短暫，僅僅是閉上眼睛，未曾入睡。

也許是被東頤的話給影響，寧夏好像一再聞到從身上散發的酒臭味，偏偏拉起衣服仔細聞了聞，卻是一點味道都沒有。

這樣來來回回猜疑幾次，寧夏終於受不了。趁著宿醉消退許多，她扔開枕頭踢掉棉被，從床上起身。她放空幾秒，才用手指將頭髮梳順，慢慢下床。

踩到冰涼的磁磚地板讓寧夏腳尖縮了一下，然後重新踩回地板。

還需要買拖鞋，寧夏心想，需要添購的物品還挺多的，首先是洗髮精跟沐浴乳，都是為了好好洗個澡。

當初寧夏認為日用品可以慢慢補上，所以只顧著先搬入，不急著添購。反正她想死，很多事情可以慢慢來，都不要緊了。沒想到是天大的失算。

寧夏又神經質地拉起衣領，明明沒有酒臭味，東頤果然是在作弄她吧！但她還是將洗衣精加入購買清單，發誓一定把這身衣物徹底洗乾淨。

她拾起隨意亂扔的Veja白色運動鞋還有短襪穿上，再抓起皮夾與出入磁卡，以手摀住嘴擋住難忍的呵欠，疲倦走出房間。

外頭一片黑暗，寧夏摸索牆邊的開關按下。慘白色的光源亮起，來自天花板的嵌燈，照亮她所在的客廳。

「好空……」她不禁這樣說。

客廳什麼都沒有，沒有家具也沒有任何擺設。

寧夏回憶起來，當初急著搬入，想著反正有床能睡能躺就好。現在獨自站在這裡，有被遺棄在荒漠似的淒涼感。

太空曠又太寬敞，毫無生活感可言，像是極端的極簡主義者打造的空間。

「哈囉。」寧夏試著對牆喊，發現能產生回音。

她來到另一個房間查看，門是開的，裡頭跟客廳一樣什麼都沒有，而且不見東頤的蹤影。又在廁所？

寧夏猜錯了，東頤並不在。她納悶是什麼時候離開的？心想如果能這樣擺脫他或許不錯……想著想著她不得不愧疚捂臉，自己喝了酒後，到底幹了些什麼？

寧夏不敢再深究，羞愧的眼淚差點又要潰堤。她決定趕快出門，先採買再說。

社區的走廊乾淨空曠，沒有其他住戶的蹤影。這讓寧夏鬆口氣。她討厭跟鄰居打交道，因為人情世故是那麼繁瑣討人厭的東西啊。

寧夏搭乘電梯下樓。抵達一樓後，電梯敞開，落入她眼前的是社區的庭院。現在已是傍晚，橘黃色餘暉落在修剪整齊的草坪上，讓翠綠的草皮跟著發光。

迎面有風拂來，夾雜青草與泥土的味道。

微涼的空氣搔過寧夏的耳後與鼻尖，讓她有精神多了。一抬頭，看到幾隻已成黑色剪影的飛鳥，掠過淡藍與淺橘相融的近晚天空。

真的是好天氣。寧夏眨眨眼，黑眼圈還是那麼明顯，但不顯醜，配著她沉默時便冷淡如冰的氣質，以及纖細瘦高的身材，反倒有病態的美感。

寧夏往社區大門走去。這裡近山，大眾交通不算方便，公車久久一班更遑論捷運。她打算直接叫計程車省事。

她瘦高細黑的身影穿梭在庭院，帶起沙沙的腳步聲。

這時候的寧夏還沒注意到，從下樓直到現在，半個社區住戶都沒碰見。整座社區更是靜得出奇，讓風聲變得那麼清楚，讓庭院綠樹的枝葉隨風擺動時都有了聲音。

聲音？寧夏遲疑停下，總覺得好像有什麼……

就在剎那之間，寧夏被人從後抱起，那是一雙長滿手毛的粗肥手臂。有粗熱的鼻息吐在她的後頸，伴隨陣陣汗味與油臭。

寧夏尖叫，騰空的雙腳亂踢。

「放開我、放開！」

寧夏在驚慌回頭間看見了，抓住她的是個微禿男子，額頭發亮泛著油光，還有幾粒不見膿的紅色痘子。

微禿男子的身材並不壯碩，卻擁有令寧夏無從掙脫的可怕力量。

被騰空抱起的寧夏不斷尖叫，聲音在社區中迴盪。走廊仍然無人，亦無人探頭查看。

寧夏被男子帶走，來到其中一戶。微禿男子用腳踹開半闔的門，把她帶了進去，將她按在一張冰冷且形狀怪異的鐵椅上。

雙腳著地的寧夏只想逃，才試著起身，雙臂隨即連同身體被繩索纏住。微禿男子一手制住她，另一手迅速騰出，將繩索一圈又一圈緊緊纏繞在她身上，將她縛在椅上。

不斷纏繞的繩索讓寧夏看起來像落入蛛網的獵物，慘遭重重蛛絲束縛。

忙出一身臭汗的微禿男子重重喘息，混濁帶血絲的圓眼瞪著寧夏，彷彿她是如此美味可口，是他渴求多時的珍饈佳餚，必須在此盡情享用。

寧夏驚惶亂看，想找到任何一絲求生的機會。

這間房屋跟她租下的那間格局相同，卻布滿雜物。燈光好像經過刻意調整似的偏暗。腳下不是磁磚地板，是略滑的防水布。

屋內瀰漫的奇怪鐵鏽味混著室內芳香劑，薰得寧夏頭暈。

微禿男子從旁邊的鐵架取出工具箱，將其中物品陳列出來。好像恐怖片場景在現實重現，微禿男子的氣質與行為舉止，像極了那些可怕的殺人魔。

就連微禿男子拿出來的工具都一模一樣，彷彿有個殺人魔業界必備的既定套路……鐵鋸子、鋼鑽、各種尺寸的切割刀、老虎鉗、止血帶……這些工具大多帶著鏽跡跟不明的棕色汙漬。

微禿男子舔舔嘴唇，黏稠的唾液泛著白泡。

「你、你要幹什麼？」寧夏說的話也是恐怖片受害者的台詞複製。

微禿男子沒有回答，從口袋掏出一個皺巴巴又起毛球的布頭套，走向寧夏。

陰影逼近。

微禿男子攤開頭套，就要往寧夏的臉套下。

「不要！」

第三章　報警是那麼無聊的事

攤開的頭套往寧夏臉上罩來，逼近的還有從頭套深處散發的濃重汗味，以及乾掉的唾液臭氣，薰得寧夏扭頭閃避。

微禿男人對她的掙扎感到惱火，一巴掌重重搧來，在屋裡發出好大的聲響。不只是寧夏，與她一同被綁縛的鐵椅都在震晃。

寧夏被打得臉頰發紅，又刺又燙。有那麼一瞬間甚至耳鳴，耳洞裡的聲音都被抽離，只剩風扇運轉似的尖銳鳴聲。

寧夏眨眨眼，呆了。

幾秒後她的聽覺首先回復，然後意識跟著回神。她上抬的眼珠瞪著微禿男人。一雙唇抿得好緊，緊得要抿出血來。

寧夏想踢、想揮拳，無奈雙手雙足皆被綁死。

攤開的頭套再次逼近。寧夏屏住呼吸，一雙眼死死看著，看進頭套最深處的黑暗。

這個頭套沒有挖孔，純粹為了阻擋視線。寧夏不是第一個要戴上的人，只有她面前的殺人魔知道，先前每一個戴過這頭套的都不再是人，都成了無聲從世界上消失的屍骨。

逼臉的黑暗越來越近。寧夏終於無法直視，下意識閉眼。眼眶很疼，眼淚發燙。

微禿男人突然停下，毫無預兆。滿是手毛的手臂僵著不動。他發出奇怪的呻吟，含糊得像喉嚨積了一大口痰。

寧夏也吃驚，小心睜眼，怎麼猜都不像是微禿男人突然改變心意。

她又一次抬頭，越過冒出線頭與毛球的臭頭套，看見從微禿男人肩膀後冒出的東頤。

對於寧夏而言，東頤本來就屬陌生，現在更顯疏離。

此刻的東頤收斂所有嘻笑與輕浮，只有疏遠不可觸的淡漠，彷彿不擁有任何情感，像是讓顏料無從落筆，與所有色彩都絕緣的詭異白紙。

「嗨。」東頤對寧夏打招呼，稍微有了點溫度。稍微像真實的人。

「嗨……」寧夏跟著回應，有很多不明白，傻問：「你怎麼會在這裡？」

「來救你。不然以為我想做什麼，難道是教殺人魔怎麼打掃？」東頤掃視凌亂骯髒的屋裡，「這裡是滿亂的，但又怎麼樣？」

東頤視線又轉，沒有情緒可言的眼珠子停留在微禿男人身上。

「不要亂動。拔出來血就止不住了。」東頤警告。

微禿男人臉色慘白，滲滿密集不自然的冷汗。不敢有任何大動作，只有眼睛遲疑又驚慌地看往東頤的方向。

在幾秒之間，微禿男人眼睛暴瞪，喉嚨鼓動，嘴邊流出一道紅絲。

隨著鮮血混著唾液滴落，男人也垂下手臂與頭套，不再遮擋寧夏的視線。

這時候寧夏看清楚了，東頤修長的手指之間握著墨綠色的刀柄，刀身消失在微禿男人的側腹。微禿男人之所以嘔血，是因為內臟被捅破。

寧夏頓時想起對東頤指尖的不祥想像，終於有了具體的畫面。

東頤的雙手相當適合掌握利刃，執行捅破或刺穿人體的動作。甚至能說是為此而生。

男孩擁有這樣的一雙魔性的手，浸在血中必然更顯白皙，還會讓人想起喪禮與白骨。

「寧夏姐姐，眼睛閉上。」東頤不帶感情地說。

寧夏照做。

血淋淋的屠殺在她閉眼之後發生——東頤手臂迅速揮動，另一柄利刃刺進微禿男人的頸子，像插水果般輕鬆寫意。

微禿男人痛得嚎叫，東頤制住他，迅速轉了方向，雙雙背對寧夏。

微禿男人伸手要抓桌邊的虐殺工具反擊，東頤搶先一步，同時抽出插在微禿男人側腹跟頸子的兩把短刀。

激烈的血柱從微禿男人頸子噴出，側腹接著湧出暗紅色的血泉。幸虧東頤考慮得仔細，事先故意轉向，才沒讓寧夏被噴得滿身是血。

微禿男人一手捂著頸子，一手按住腹部，卻無法阻止生命從指縫之間不停流失。

東頤伸腳一踹，微禿男人倒進不斷延展的血中。預先鋪好的防水布積起血色小池塘。

寧夏偷偷睜眼，驚見成片濕紅。能夠輕鬆囚禁她的微禿男人，竟然被東頤簡單解決。

東頤發現寧夏在偷看。「啊，還不能張開眼睛，你作弊。怎麼了？你看起來很害怕。」

「不怕才奇怪吧……」寧夏整個人與聲音都在顫抖。

背對門口的東頤沒有發現，寧夏倒是先看到了。她顫聲說：「有人。」

東頤隨即回頭，本來被他帶上的門邊多了個男人。東頤立即知道這個男人擁有不亞於自己的無聲本領。

若不是對方沒有刻意隱藏，又怎麼會被寧夏看見？

男人帶著不沾煙火氣的避世氣質，有些年紀，歲月在髮上留下幾絲灰白，臉龐已經有肉眼可見的細紋。

男人穿著亞麻棉的淺灰色襯衫，因為材質的關係，讓襯衫微皺，卻意外的更有味道，與男人臉上的淺淺皺紋呼應。

男人對於眼前的兇殺相當平靜，鎮定拿出手機。

「等一下，先不要報警。」寧夏搶著出聲：「他是為了救我才做出這種事的！」

「報警？」男人平淡地說：「誰要做那種無聊事？但是屍體不處理會發臭，要通知管委會善後。」

「管委會？這樣會讓更多人知道，請你先停下！」寧夏懇求。

與她著急的態度相反，東頤相當平靜。「寧夏姐姐，你不用緊張。沒事的。」

「沒事？怎麼會沒事……你快跑吧，我幫你頂罪。反正我本來就不想活了！」寧夏自願當替死鬼，這是出自對東頤的愧疚，畢竟喝醉的她對他做了那種事……

東頤搔搔頭，又變回原本的調皮孩子。「本來想幫你解綁的，現在看起來還是讓你坐著冷靜比較好。有聽過嗎？莫慌莫急莫害怕，沒問題的。」

「她是你的羊崽？」男人問。

「是。」東頤回答。

「我理解了，是這個住戶太心急了，沒調查好就下手。」男人感慨，走進屋裡，查看地上屍體。「不可以隨便碰其他人的羊崽是規矩。」

男人伸手觸碰屍體，不怕留下指紋。「傷口非常乾淨。你是偏好快速了結的類型？」

「算是吧。」東頤避開血跡，蹲下來一起觀賞屍體的傷口。他用刀尖指著屍體的頸部。

「下手的位置稍微偏了，不然可以讓出血量更大。他會死得更快。」

「下次試試這裡。」男人指著頸部一處。「這裡出血的效果很好。記得站遠一點，會被噴到。這是潛水刀？」

「嗯，我喜歡這個形狀，拿來刺穿很好用。」東頤攤開手掌，展示黑色刀柄還有尖頭狀的刀身，接著又秀出另一把寶貝。「還有這把綠色的……切割的手感很好。大叔你要試試嗎？」

男人接過東頤遞來的刀，拿在手上掂了掂。「重量很剛好，很舒服。這是野營刀？喜歡潛水又喜歡露營？」

「都沒有。剛好這兩種刀最順手。」

「可惜了，如果習慣進山會很方便。山裡可以藏很多東西。」

「蚊蟲太多了，我不要。」

什麼？現在是什麼情況？寧夏傻了，是她聽錯嗎？這兩個男性如此熱衷探討如何讓人快速斃命的話題，到底是什麼情況？他們要不要聽聽看自己在說什麼？想在山裡藏什麼？羊崽是什麼？她何時變成東頤的羊崽了？滿懷疑惑的寧夏無從發問，只有快爆炸的腦袋。

「側腹是為了暫時制住他對嗎？」

「完美答案。大叔你真懂。」

東頤跟男人終於滿意，接連起身，陸續伸了懶腰。

「陌生的新住戶，該怎麼稱呼你與你的羊崽？」男人問。

「你要哪一種稱呼？」東頤反問。

「我們自己知曉的那種。」

「喔，你說的是那種。我不是很喜歡自己的綽號，好像被當笑話。」東頤嫌煩地說：「每個人都有自己的偏好，不應該被指指點點的，這點大叔你同意吧？」

「同意。我的綽號滿常造成誤會，不過不討厭。跟我的風格挺合的。」

「唉，」東頤嘆氣。「我最討厭報名字的場合了。」

「那麼我先？」男人說：「我是『大廚』。」

「『素食鬼』。」東頤說完又嘆氣。

大廚眼睛一亮，露出很感興趣的神情。「原來是你。我一直想見見你。」

「有什麼好見的？想當面嘲笑我？」

「我不是那種無禮的人。有機會我要拜訪你。」

「隨便你吧。」東頤走向寧夏，替她割開纏綁的繩索。

被釋放的寧夏離開鐵椅，就這麼傻站著，拿捏不住該做什麼，以及不該做什麼，來回揉著被綁出勒痕的手腕裝忙。

「你們先走吧，我來聯絡管委會收拾。還不知道這位羊崽……失禮了，請容我更正，請問這位淑女怎麼稱呼？」大廚禮貌詢問。

到底什麼是羊崽啊！寧夏抗拒，不願意回答。

寧夏會這樣反感不僅僅因為大廚是陌生人，更因為他對殺人這檔事無動於衷，甚至熱衷研究這門學問。無論何者都令她擔心。

「沒關係，有機會一起坐下來好好聊聊。」大廚微笑。「你的羊崽很鎮定，普通人看見這些都會尖叫害怕。她很優秀。」

「當然，畢竟是我挑中的。」

東頤揮揮手，告別大廚，拉著寧夏離開。

×××××

寧夏重新走進社區庭院。

現在對她來說，眼前的景象都變了，不再悠閒寧靜，反倒是可怕、處處充滿危機，似乎隨時都會有人衝出來要綁架她。

東頤拉著她的手腕。那隻手本來是拿著致人於死的刀刃，現在卻觸碰她。指尖仍然微涼。

害怕的寧夏暫且跟著東頤走，雖然這神祕的少年同樣危險，藏著好多她不知道的祕密，至少他願意救她。

寧夏是想死，但絕對不要被虐殺。尋死不代表同意漫長痛苦的過程。

夜裡的庭院充滿蟲鳴，一陣接一陣，吵得寧夏心煩。她突然不想走了，於是停下。

「寧夏姐姐？」東頤也停下。

寧夏吸吸鼻子，明明不該是那麼懦弱的人，現在卻覺得好膽小。

「能不能跟我說明什麼是羊崽？你叫素食鬼又是什麼意思？還有那個自稱大廚的人，你應該不認識他，為什麼又好像很熟識的樣子？還有綁架我的……這個社區到底怎麼了？」

「關於這些嘛……」東頤思考，倒不是抗拒她的請求。

「這一切到底是怎麼回事？」

「有點漫長。適合當床邊故事慢慢講。」

第四章　約定好的床邊故事

床邊故事要在晚上述說，故事的開始則要回到寧夏喝醉的那一夜。

地點在酒吧。復古的，帶有英倫風的裝潢。一身黑色衣著的寧夏佔據角落的小座位。桌上是一杯酒，以及一盤她不怎麼碰，已經放涼的薯條。

獨自一人的寧夏遇到好幾次搭訕，想藉由酒精舒壓放鬆的心情都被破壞了，剩下難以排解的煩躁跟不愉快。

這讓寧夏被迫擺出僵硬的臭臉，沉默飲酒。她側臉擁有稜角分明的線條，鼻樑高挺。沒有表情又不說話的時候，看起來冷酷嚴肅。

在酒吧流連的男性客人終於不敢過來搭話。

被褲襠小頭驅使的猴子別再靠近我了！寧夏在心中碎念咒罵，連喜歡的調酒都被這些猴子害得變難喝了。

不開心的她想起不久前看到的網路影片，內容關於訓練猴子賽跑。影片中的猴子乖巧可愛有禮貌，比很多人類還要順眼討喜。

寧夏開始思考，用猴子罵人似乎是侮辱了猴子，牠們甚至比一些人類還要聰明。這些連猴子都不如的生物都該關進籠子，不能放出來騷擾人。寧夏認為這真是好點子。

咕嚕嚕……寧夏一口氣喝光杯裡的酒，只剩冰塊。

酒沒了怎麼辦？

這對於寧夏來說，是很直觀的問題，解決方式更是簡單粗暴——再點就對了！

於是寧夏再向酒保要了幾杯酒，還混入幾個shot，這樣做的原因很單純，她嫌一杯一杯點麻煩，不如一次全上，省得還要走來走去。

幾分鐘後，酒保端著托盤過來。盤子上都是寧夏指定的酒，每杯的顏色都不盡相同，其中幾杯還是繽紛的漸層色調。

寧夏托腮欣賞，沒急著喝。

其他客人看寧夏久久沒有動作，一杯不碰，還以為她不能喝或不會喝，又或者是想裝闊。也有人露出同情的目光，以為寧夏是自暴自棄亂點一通。

幾個搭訕失敗的男客人又蠢蠢欲動起來，想要藉機接近。

板著一張臉的寧夏伸手。頭一仰、嘴一張，一杯威士忌的shot瞬間飲盡。她手沒停，又是一杯shot，就這麼連續乾了三杯。

寧夏呼出的鼻息發燙，帶有灼熱的酒氣。在酒精作用的微醺下，她舒暢多了，有一種輕飄飄的解放感。

寧夏接著向調酒進攻。越來越飄了。嚴肅的臭臉被酒精消融，她開始會笑了。

這時候有個人自動入座，擠進小座位。寧夏重新養出的好心情又被打壞，讓她的臉罩了層霜，冷酷難看。

寧夏瞄了一眼裝薯條的盤子，視線停留在叉子上。頻頻被打擾的她興起一股衝動，想拿叉子捅向膽敢再打擾她喝酒的不速之客。

寧夏斜眼打量，擅自坐下的男性很年輕。她猜是大學生？

雖然寧夏也年輕，沒比大學生老多少，卻還是想叫這小屁孩滾蛋。又灌掉一杯shot，隨著衝鼻的酒精薰腦，寧夏差點就要趕人了，不友善的台詞暫且噎在喉嚨裡。

因為寧夏發現這男孩跟來搭訕的其他人不同，第一印象很乾淨，眼神也單純。與其說是搭訕，寧夏感覺到更多的是關心與好奇。

現在的寧夏還不知道，這個男孩叫做東頤，更沒想到會帶他回去過夜，親手打造自己不肯面對的慘烈黑歷史。

東頤將雙手放在桌上，展示十根修長好看的手指。這樣讓人看清楚雙手的動作，是在釋出沒有企圖與敵意的訊息。

寧夏自顧自喝酒，沒趕人也不說話，就看東頤想做什麼？

「你在逃避什麼嗎？」東頤問。

寧夏短暫定格，隨即裝沒事繼續喝酒，卻已經開始迴避東頤的目光。

那是單純清澈，像足以倒映一切的平靜湖面，連同寧夏暗藏的心事都被反射出來。

「你看起來好難過。」東頤說。

這一晚來來回回搭訕寧夏的人很多，沒有一個發現這點，那些人只帶來無聊的開場跟口臭，還有油膩的髮蠟味。

偏偏這個大膽在她身邊坐下的男孩看穿了。

寧夏放下玻璃杯，看起來很煩悶。但她沒有趕走東頤，也沒說話，從托盤挑了一杯酒，放到東頤展示的雙手之間。

東頤微微偏頭，好奇。

寧夏拿起自己的酒，碰了東頤那杯，發出清脆的玻璃聲響，然後仰頭喝光。

「謝謝！」東頤跟著喝。與寧夏的豪飲不同，他細細品嚐。

幾杯酒的時間之後，寧夏越喝越醉，蒼白的臉頰泛出幾抹紅，有股病態豔麗的美感。

她雙眼半睜，警戒防人的眼神不再銳利。補上一杯shot，烈酒直奔胃袋，竄出脫口的衝動：

「我好想死。」

東頤並不訝異，好像早就看穿這點。但他不曉得原因。「理由是什麼？」

寧夏先是搖頭，然後雙手緊緊抱住頭部，撥亂黑色柔順的髮絲。好像有什麼困擾糾纏她的夢魘即將扯裂頭蓋骨，從中竄出。

「總之我想死。只想死掉。」她的呢喃像午夜時的低語：「我終於找到新的租屋，瞞著家人偷偷搬進去……租約到期我就去死……可是我怕痛，害怕失敗。」

「如果我再正常一點就好了……為什麼我腦袋有那麼多奇怪的想法。真的好害怕，為什麼我會變成這樣的人？」寧夏沮喪掉淚，足量的酒精讓她的情緒得以釋放。

起初寧夏無聲流著眼淚，後來開始哽咽，伴隨壓抑的哀號。「我死了比較好，就不會有人受到傷害了。」

「讓我幫你。」東頤說。

寧夏愣住，滿臉都是濕漉漉的淚痕。「什麼？」

「我幫你。」

寧夏吸了吸鼻，鼻尖泛紅。「你是說你要……可是這樣你會……」

東頤的笑容像寒冬裡突然的暖陽，充滿救贖的味道。寧夏無法移開目光。

「不用擔心我，只要挑足夠隱蔽的地方，不被發現，我就不會有事。一直受苦的你太辛苦了，讓我幫你。」

他並非詢問，而是早已下了決定。

「我是東頤，要怎麼稱呼你？」

「我……寧夏。我叫寧夏。」

「寧夏姐姐，」東頤說：「你不是孤單一人。」

×××××

「就這樣？我就這樣上當了？」

躺在床上的寧夏驚呼，不敢相信自己這麼簡單、這麼輕易、這麼沒有防備，竟然不懂懷疑就被東頤勾引。

「什麼上當？說得好難聽。我是真心誠意啊。」

東頤也在床上，不過是坐在床沿，安分地與寧夏保持距離。

兩人都洗過澡，這是寧夏要求的。不管是宿醉後讓她苦惱的幻覺酒臭味，或是微禿男人那間屋子的詭異腥味，都使她迫切想好好將自己完整洗淨。

雖然採買被打斷，來不及用上沐浴乳與洗髮精，至少熱水足夠舒服。再換上乾淨的衣服後，寧夏有短暫暢快的新生感。

東頤也是從頭到腳徹底沖過澡，可惜沒有衣服可以更換。

「我一定是又喝到斷片了，難怪跟你說了這麼多……我真的全部都沒有印象，也不記得一起在酒吧喝酒……」

「你忘的不只這些。」東頤話中有話，寧夏暫時沒聽出來。他繼續說：「後來你好像很開心，是心事解脫了嗎？又點了很多酒，瘋狂喝光。那種喝法好像快渴死似的。幸好我記得先問你住哪，不然就要扛著爛醉的你去開房間了。」

「開房間？你這個撿屍的噁男……」寧夏抱住枕頭，充當小小的慰藉與盾牌。

「什麼啊？一定要找地方暫時安置你，不然要睡街頭嗎？才沒有那種意思，那不是我追求的東西。」東頤調皮地強調：「你忘記了嗎？角色是顛倒的。」

「角色顛倒？什麼？我……喔不！」被喚起黑歷史的寧夏痛苦閉眼，把臉埋進枕頭。不要等租約到期了，她現在就想一頭撞死。

再次得勝的東頤開心大笑，欣賞寧夏困窘的模樣。她的耳朵發紅，燙如火燒。

「讓我繼續說明。你被綁架不是偶然，普通人住在這裡，註定會發生這種事。不管是綁架你的禿頭，或是大廚大叔，都不是無辜友善的好鄰居。」

「不用想也知道他們不對勁，哪有普通人會隨便綁架人的？還有對屍體指指點點……你也不太對勁啊。」

寧夏的聲音悶在枕頭裡。如果不是擔心東頤會被牽連，她真的很想報警處理。她看到微禿男人的租屋就知道了，即使還沒掌握證據，也能猜到已經有人遇害，屍骨不知道被藏到何處，說不定就在屋裡。

「說對了，我也是不太對勁的那種人。」東頤飄開視線，從房門看出去，看往未開燈客廳的一片虛無黑暗。

他繼續說：「還記得問你房租的事嗎？這是你第一次在外租房子吧，真的很不懂行情，這種租金不合理。」

「你當時明明說很合理。」寧夏試著回憶當時的談話。

「我說合理的意思是，」東頤露出別具深意的微笑。「這是誘騙羊崽租屋的合理價碼。你沒懷疑為什麼能有這麼短的租期嗎？」

「現在不是有些短期出租嗎？比如Airbnb之類的。」寧夏從枕頭後露出臉來，遲疑作答。

「是有類似的。不過這個社區的情況完全不同，可以只租一個月的理由很簡單。」東頤咧嘴燦笑，好像在大太陽的草原上奔跑的爽朗男孩。

偏偏他用如此單純無害的語氣，述說極為可怕的事實：「大部分的房客不到一個月就會被殺死。因為鄰居都是殺人魔啊，在等待天真掉入陷阱的羊崽。」

「這到底是什麼恐怖的地方！」

「雖然是殺人魔社區，但是寧夏姐姐你不用害怕。」東頤拉住她的手腕，輕輕甩啊晃的，撒嬌似的。「這個社區在我們殺人魔圈子很有名，住戶規定是務必遵守的，違反的會無條件列入全社區住戶的宰殺對象。溫柔一點的說法就是成為羊崽。」

「你是說殺人魔要殺殺人魔？」寧夏差點咬到舌頭，好拗口。

「對的，所以我殺死那個禿頭不會被追究也不會被報復。還記得大廚大叔說過的嗎？綁架你的禿頭動了別人的羊崽。這是社區規定喔，不可以動其他人的羊崽。」

寧夏困惑眨眨眼，歪頭想了想，終於弄明白箇中關係。「我什麼時候變成你的羊崽？」

東頤委屈抿嘴。「明明說好的。我負責殺死想死的你。這樣關係就成立了。」

「原來你跟他們是一樣的。」寧夏終於遲鈍地明白。

「一樣，但又不一樣。我只殺想死的人。是認真想死的人才算數，只有嘴巴說說、一點小事就又哭又叫的那種我不會管。」東頤嘆氣：「結果被其他殺人魔取了『素食鬼』的綽號，太羞辱人了。」

「你在酒吧是故意盯上我的？你簡直像禿鷹發現快死掉的人，所以盤旋等待腐肉。」寧夏抽手，被設計的感覺真糟糕。

「這個形容聽起來也好傷人啊，我又不吃人肉，是各取所需吧？是成全真心想死的人啊。寧夏姐姐，我遇過很多了，看得出來你是真的想死。」

「我必須消滅我自己。可是我真的很怕痛……」

「眨眨眼睛就結束了。我會很快。我追求的是瞬間斃命，讓羊崽迅速斷氣。跟下午的禿頭不同，那種凌虐好幾天的，實在太糟蹋羊崽了。」東頤強調：「我不會糟蹋你。」

「真的？」

「直到租約結束之前，我會保護你，不讓其他殺人魔傷害你。你是我最重要的羊崽。」

東頤向她伸出手，提出邀請。「租約結束那天，我會完成你想死的願望。」

寧夏看著東頤懸在半空的手掌，攤開的掌心乾淨厚實，手指相當修長。

看起來明明與殺戮還有鮮血扯不上關係，但東頤出手時如此俐落熟練，既是本能，也是後天的經歷積累而成。

「我真的很怕痛。」寧夏強調。

「跟打針一樣，痛一下就沒事了。」

「怎麼可能？你是不是以為在哄小孩？」寧夏罵著，卻伸出手覆蓋在東頤的掌心上。「到時候如果讓我很痛，一定會狠狠踢你。」

東頤輕輕握住。「好啊，隨便你踢。」

握著手的兩人突然一陣尷尬，卻都忘了要抽手。

氣氛頓時微妙起來。

寧夏後頸發燙，發現東頤的指尖雖冷，但手心意外的暖。試圖說些什麼的她卻遲遲擠不出話，東頤也是欲言又止。

「那個……」

「寧夏姐姐……」

叩叩。

突然的敲門聲打斷了她與他的尷尬。

第五章　叩叩叩是誰深夜來訪

叩叩、叩叩。

突來的敲門聲讓寧夏跟東頤同時鬆開對方的手，交換困惑的眼神。

「我去看看。」

東頤輕巧地跳下床，眨眼間手上多出一把墨綠色刀柄的野營小刀。速度之快，讓寧夏來不及看清楚是如何取出的。

寧夏跟著下床，緊張待在房門口偷看。對被綁架過、差點遭遇虐殺的她來說，這個殺人魔社區之中什麼樣的危險都有可能發生。

東頤沒有立刻開門，反倒先回頭對寧夏豎起大拇指，示意不用擔心。她點頭強裝鎮定，其實緊張得要命，好想尖叫、好想躲起來。

東頤開門時巧妙藉由門與身體的掩護，藏住小刀。

門外的訪客是頭髮參雜白絲的中年男人，帶著溫和的微笑，眼尾擠出皺紋。灰色的亞麻棉襯衫帶著皺痕，充滿歷經風霜的味道。

「原來是大廚大叔啊，這麼晚了什麼事？」東頤口氣隨和，藏在門後的刀卻沒有放下。

「打擾了。我實在等不及想找你聊聊。」

「我對男性跟不想死的人沒興趣。大叔你其實長得滿帥的，熟男的穩重氣質讓你加分很多，應該很容易找到對象。我就不奉陪了。掰掰。」

東頤說著就要關門，大廚趕緊澄清：「天啊，你怎麼能有這樣的誤會？我對你的好奇不是那方面的。動機啊，我想知道你成為殺人魔的動機。你只挑想死的羊崽。過去沒有、未來也不會出現這種類型的殺人魔吧。」

「大叔你一開始就講清楚嘛。這樣的誤會讓我很害怕。不要怪我，年輕的男孩子要懂得保護自己。」東頤藏在門後的手稍微調整姿勢，仍然沒放下野營小刀。

「是我疏忽。願意賞臉來我家坐坐嗎？你的羊崽當然也可以來，我很歡迎。」

「這個嘛……」

「你知道社區規定，不能對其他住戶的羊崽下手。雖然你的羊崽是優雅美麗的淑女，但我不想淪為全社區的羊崽，這樣的損失太大了，我會死得不成人形。」

「或許你的目標是我？」

「你說的是專殺殺人魔的殺人魔？我不是同類狩獵者，那是在刺激中追求更刺激的瘋子，我還保有一定程度的理智。」大廚補充：「這個社區裡沒有同類狩獵者，你可以放心。」

「聽起來好像很安全。」東頤嘴巴說得好像真的放下了戒心。

「保持危機感有益無害。我們不是天真浪漫的小市民，不會傻傻以為到處都是安全的。與殺人魔住在同一個城市，走在同一條街，進入同一個超商或賣場購物，並不是什麼稀奇的事，對吧？」

東頤仍然沒答應，但已經不著痕跡收起刀。

「是什麼讓你顧慮？」大廚問。

「也沒什麼。大廚大叔，你有多的沐浴乳跟洗髮精嗎？」

×××××

夜深時的長廊安靜，只有沙沙的腳步聲。

寧夏緊緊跟在東頤身後，走過冰冷空曠的長廊，經過幾戶門口，最後來到大廚的家。

與寧夏擔心的不同，大廚的家既不凌亂也沒有詭異臭味。預期中的兇器或工具都沒看見。

相反的，所有家具整齊定位，全部極具質感，顯然經過細心挑選。現代摩登風格的布置讓屋裡少了生活感，看起來像是展示的樣品屋，充分顯現大廚的良好品味。

「這邊請坐，我去拿沐浴乳跟洗髮精。」

大廚招呼寧夏與東頤在米白色的L型沙發坐下，然後便離開客廳，進入一邊的儲物間。

沙發上的寧夏左右張望，注意到這間屋子的格局與她租的那間不同。另外還有讓她相當在意的部分。

透過中島吧檯隔出的廚房區，可以看到突兀並排的三個冰箱。全是一樣的款式，黑色的外殼有滑順的反光。

寧夏疑惑猜想，也許這個中年男性殺人魔之所以被叫大廚，是因為對於下廚有異常的狂熱？擁有三個冰箱到底預計儲存多少食材？

對於這樣詭異的畫面，寧夏沒有理由地聯想到墓碑、還有立起的冷冷棺材。

「你注意到了？」東頤問：「我也只是聽說，實際看到還是挺神奇的。」

「你是說冰箱？」

「嗯。」

大廚拿著沐浴乳與洗髮精回來。寧夏認出是百貨專櫃的產品，要價不便宜。

「希望你們用得習慣。這款梔子花的香味很好。」大廚大方贈送，東頤不客氣接下，隨口道謝。

「再來點茶吧？」大廚走向中島吧檯。

東頤叫住他：「大廚大叔，茶先等等。你的冰箱讓人很感興趣，跟傳聞中的一樣嗎？」

大廚莞爾。「原來這麼有名嗎？不過這不是冰箱，全部都是冷凍櫃。」他擱下茶壺，走向並排的黑色冷凍櫃。

隨著大廚糾正，寧夏這才注意到確實跟冰箱不同。因為只有一個門，不像其他冰箱區分成上下的冷凍與冷藏櫃。

大廚輕輕撫摸冷凍櫃，好像其中放有貴重珍惜的寶物。「讓我來介紹。」

大廚依序打開三個冷凍櫃，冰冷的白煙不斷竄出。等到白煙緩緩散去，才露出冷凍庫裡的真實景象。沒有常見的冰棒冰淇淋，也沒有儲存的微波食品，更沒看到任何食材。

三個冷凍櫃展示同樣的景象，全是一整片的橘。

細看後會發現，原來是一個個密集排列的透明圓罐，盛裝的泥狀內容物呈現混濁的橘紅色。

「比傳聞中的更壯觀！」東頤興奮湊上去看，寧夏當然跟著。隨著走近冷凍櫃，她發現每個圓罐都貼有標籤。

她念了出來。

「Cicada、夏紹芬、王品絜、吳文勤、Chuyuan、廖鈞翰、Ziran、林聖彬……」寧夏越念越覺得奇怪、越來越覺得不對勁。

全部都是人名！每個罐子貼的每張標籤都是！

糟糕的想像在寧夏腦海成形，既然是住了一堆殺人魔的社區，面前這位「大廚」又是貨真價實的殺人魔，那麼這些名字……

寧夏後退，不敢再靠近冰箱，還伸手摀住口鼻，怕嗅到屍塊的味道。

「嚇到你了嗎？」大廚的微笑是那麼溫和，看似人畜無害。

大廚伸手撫過一個個標籤。「這些罐子都裝著名字的主人的一部分。我把他們做成肉醬，放進冷凍櫃保存。啊，每個羊崽都是那麼值得紀念。」

大廚還沒說完，寧夏已經退得更遠，甚至躲到沙發後面，就差沒有逃出屋子。因為她不想離開東頤，免得遭遇危險無人拯救。

只是這些罐子、這些肉醬未免太多了……

「大廚大叔，你都是親自下廚嗎？把這些人煮成肉醬。」東頤問。

「不是我親手處理就沒有意義了。這個色澤很棒吧？花了好多時間燉煮，這樣口感才滑順，才可以讓肉醬充分與調味料混合。每一罐肉醬都是傑作，都是獨一無二的masterpiece啊。」

東頤毫不避諱，拿起一罐肉醬端詳。「這罐叫Amber喔，怎麼有英文也有中文？有些看起來不像是真名，是綽號？」

「無論何種語言或風格都沒關係，我尊重每個肉醬留下的名字。」大廚問：「你對煮肉醬有興趣嗎？我可以分享祕訣。」

「不用了，想到要把人剁碎就好麻煩。那不是我的風格。」東頤把肉醬放回原位，回頭去找寧夏。「不用怕，那些只是用活人做成的肉醬而已。」

東頤一屁股坐回沙發，還拉著寧夏入座。

「你不要說得好像是大賣場的罐頭，原料都是人啊！」寧夏甩掉他的手。「你摸過肉醬沒洗手……先不要碰我。」

東頤委屈嘟嘴，從沙發跳起，奔向廚房區的流理台。「借我洗手！」

「盡情使用，旁邊有洗手乳。」大廚把冷凍櫃關好，拿出熱水壺燒水，再彎身從吧檯底下取出透明圓罐。

這個舉動嚇得寧夏遮眼，以為會掏出人肉或是臟器。但這次只是普通的茶包。

「花茶你們喝吧？這位淑女，你叫寧夏對吧？放心，保證是全素的。」

東頤插話：「我認為你在諷刺我。我是圈內笑柄的『素食鬼』，對這個很敏感。」

「你誤會了，我沒有要諷刺你。我只有好奇。是什麼原因驅使你，讓你只殺想死的人？」

大廚另外拿出一個玻璃壺，把茶包放進去。「以你的身手，可以有很多選擇。」

「你又是怎麼挑選羊崽的？」東頤反問。

熱水壺冒出咕嚕咕嚕的沸騰聲，壺嘴噴出白色熱氣。大廚沒有急著往玻璃壺注水，耐心等待熱水稍稍降溫，醞釀答案。

「你們覺得這間屋子的家具還有擺飾怎麼樣？」大廚問。

「我不太懂家具的設計，不過滿好看的。」東頤說：「放在美術館也不奇怪。你是很識貨的人吧？」

寧夏點頭同意。

「這些家具都是我花了很多時間，陸續收集或購買來的。每一件家具都有各自的故事。我會思考這個東西足夠好嗎？值得擺在屋裡嗎？它夠美嗎？」大廚分享：「我慢慢觀察，很有耐心。」

寧夏發現大廚訴說時，好像藝術品收藏家，氣質也適合流連在美術館或書店。實際上卻擁有將人製作成肉醬的恐怖嗜好……

真是斯文敗類，寧夏心想。

「好像懂了。也是你挑選羊崽的方法。」東頤說。

大廚以微笑肯定，往玻璃壺中注入熱水。茶包蔓延出輕盈不帶負擔的粉紅色，非常好看。他再拿了三個馬克杯，倒入花茶，用托盤端了過來，其中兩杯遞給寧夏與東頤。

寧夏猶豫，遲遲不敢接下。擔心茶包的成分不單純。

「放心吧，我沒有食用人肉或是騙人吃的習慣。這是玫瑰花茶。」

真的嗎？寧夏想問，但不敢開口。看東頤接過，便也跟著拿了。但是即使目睹東頤喝了，她還是一口都不敢沾。

「啊，我喝不懂花茶，味道好淡，想要加糖。」東頤說。

「不行，那樣太糟蹋了。去感受玫瑰花的滋味從舌尖擴散，然後到整個口腔。跟烹煮肉醬一樣，都需要好好感受。」大廚拒絕替東頤加糖。

大廚輕啜一口花茶。「繼續說回我的挑選。我只挑那些擁有長久保存價值的人作為羊崽。他們都擁有美麗的一面，同時也會有醜惡的部分。不過沒關係，美與醜是人類必有的兩個面向，因為人是不和諧又充滿衝突的物種。」

東頤舉手發問：「等等，大廚大叔，那為什麼你不把羊崽做成家具？骨頭跟頭髮、還有指甲都可以利用吧。還有牙齒也行。剝皮也能做成沙發對吧？你為什麼選擇做成肉醬？」

「我喜歡下廚，看著切成碎肉的羊崽在鍋裡燉煮，隨著時間慢慢變化成美好的肉醬……會帶給我滿足感。」

東頤攤手，一臉遇到瘋子似的。「我們圈子裡果然沒一個正常的。」

「你也是圈子裡相當特別的存在。你又是為了什麼？」

大廚這一問，讓寧夏也好奇答案。雖然沒有介入兩名殺人魔談話的空間，但她仔細聽著。

「我猜是嫌麻煩吧，想死的人不會掙扎，我又能幫他們一把，各取所需。要處理會亂動亂叫的羊崽很麻煩，光用想像的就累了。」

「就這樣？只因為懶？」寧夏脫口問：「你只是想省麻煩所以才想幫我？」

「也不能完全這樣說。寧夏姐姐你不要自暴自棄。你是很特別的，真的。」

「敲不開的門就別再敲。」大廚突然說：「神祕的素食鬼，希望有一天我能弄明白你的祕密。那麼寧夏呢？」

被點到名的寧夏愣住，思考現在是又有其他殺人魔對自己感興趣了嗎？

「你知道我跟素食鬼都是殺人魔，卻可以跟我們一起喝茶，你這分從容很特別。特別的殺人魔挑中特別的羊崽。」

「沒有，我茶一口都不敢喝……」寧夏坦承。

「也是很了不起了。讓我開始思考你是不是擁有成為肉醬的價值？不、不用提醒，我不會違反社區規定。你是東頤的羊崽，我記得。你為什麼想死？」

寧夏捧著茶，不排斥微燙的溫度，還能接受，甚至稍稍心安。她想了想，大廚跟東頤都沒催促。

「我覺得這樣比較好。我死了會比較輕鬆，我都受夠了。真的沒辦法忍受了。就這樣吧，我跟自己說就這樣。死了就好。」

寧夏一股腦說完，卻跟沒回答一樣，沒有觸及真正的答案核心。

大廚苦笑：「又是一扇敲不開的門。你們兩個挺適合彼此。寧夏，你什麼時候要死？」

「租約到期的那天，我請東頤殺了我。」

大廚說：「等死前的日子特別漫長。你要好好珍惜。喜歡下廚嗎？或是閱讀？」

寧夏搖頭。雖然東頤沒被問，但也湊熱鬧跟著搖頭。

「太可惜了，死前多嘗試不一樣的東西也好，把最後的日子好好填滿很重要。」

「其實我沒什麼嗜好跟休閒娛樂……」寧夏承認：「除了喝酒。」

東頤立刻打岔：「她真的超喜歡喝酒，跟鬼一樣可怕。」

「什麼啊！」寧夏搥了東頤一下，他裝痛捂著手臂哀叫。

兩人活潑的互動讓大廚笑了。「試試看吧，什麼都去試試看。談場戀愛或許不錯。」

「戀愛？什麼？」寧夏臉一下子漲紅，慌張澄清：「我跟東頤才沒有……我真的沒有跟他……他就是個屁孩而已！」

「我只是年紀比較小，就要被嫌棄嗎？」東頤錯愕。「好歹我也被女生搭訕過……」

寧夏更慌了，連連擺手：「不、不是那個意思啦！但是我跟你才認識沒多久……」

「可是我們都同居了不是嗎？」

「同居？」大廚驚訝捂嘴。「現在年輕人進展真快。我那個年代牽牽小手就怕會懷孕呢。」

寧夏跟東頤同時定格，這種大叔笑話過於尷尬，彷彿見證了遠古活化石。

東頤皺眉詢問：「這是電視只有老三台、半夜就會沒訊號的年代才有的誤解吧？」

大廚的臉僵了，澀聲解釋：「不要露出那種嫌棄的眼神……我是開玩笑的，不要當真……」

第六章 務必遵守的社區住戶規定

寧夏回到租屋後的第一件事，就是用從大廚那邊獲得的沐浴乳與洗髮精，痛快地再洗了一次熱水澡。

梔子花的香味伴隨熱氣在浴室瀰漫，頂著滿頭泡沫的寧夏再一次懊悔，當時真是太倉促想要搬入了，竟然連沐浴乳都忘了準備。也是在搬入的第一晚，為了慶祝搬家大成功跑去酒吧痛飲，結果撿回東頤。

東頤真的會依照約定殺了我嗎？寧夏猜測，踩進蓮蓬頭灑落的水柱之中。

沖落的熱水混合洗髮精泡沫，從她白皙的臉頰順著頸子一路溜下，直至蒼白的腳底。

寧夏輕撫纖細的、可以看見青色血管的頸子，試著想像東頤拿刀劃開她的肌膚、切破底下的血管。熱水不斷淋下。她想像那是屆時汩汩流淌的鮮血……

「嗚，好像會很痛……」寧夏哀號，把熱水的溫度往上調，沖淡對刀鋒切肉的冰冷不適。

如果刀鋒不是對著她呢？突然竄出的想像讓寧夏一滯，不敢再多想，趕緊沖散所有泡沫，想要讓這份想像一起流進漆黑的排水孔。

洗完了澡，寧夏換上乾淨的衣物，用毛巾裹住濕漉漉的頭髮，走出浴室。

客廳有人，綽號叫素食鬼的少年盤腿坐在正中央的位置，拿著野營刀與擦拭布，正在仔細擦去刀身汗漬。另一把處理好的潛水刀靜靜擱置在旁。

「你也去洗吧。」寧夏注意不去看刀鋒反光。

——那光有多銳利，將來切開她的頸子就有多迅速。

「這邊處理完就去。明天有什麼打算？」東頤邊問，邊把小刀舉到與視線持平的位置，端詳刀身表面，確定沒有髒汙。

寧夏思考著，但這樣的動腦都是枉然。

「沒有。」她沒有額外安排，只打算過一天算一天，直到執行的日子來臨。

「我想也是，寧夏姐姐你真的是很單調的人。跟單純不一樣，你好像是故意要讓自己那麼無聊的。」

「你問這問題是想挖苦我嗎？」

「不是。」東頤把野營小刀插進與刀柄同色的墨綠刀鞘，「既然沒有打算，就讓我來幫你安排。你當時搬家一定很衝動，好多東西都沒準備。基本的日用品不夠，連沐浴乳洗髮精都得跟大廚討。」

「我想說有需要隨時都可以添購，只是日用品而已，又不是很稀罕的東西。」寧夏反駁，至少吹風機有備著，不必苦等頭髮乾。

「可是你不行動起來去湊齊，就會一直東缺西缺。雖然大廚大叔很親切，但不能什麼東西都找他要吧？我們還拒絕他送的肉醬，他看起來真是失望。那不是適合殺人魔的表情，太沮喪了，害我以為自己做了什麼壞事。」

寧夏同意，告別大廚的時候，這個熱衷製作肉醬的殺人魔拿出一罐冷藏肉醬——

「這罐叫章湘琳，是這幾天剛做好的，很新鮮。送給你們。」大廚說著把玻璃罐放進精緻的牛皮紙袋。

寧夏看看牛皮紙袋，再看看東頤。東頤也看看牛皮紙袋，然後看看她。

「呃，大廚大叔，我們那邊沒有冰箱。」

「那就趁新鮮吃了吧，抹在剛烤好的吐司上，或是拿來煮肉醬義大利麵都很適合。需要香草嗎？我這邊有一些羅勒葉。」

「大廚大叔啊，謝謝你的好意，但是我還沒發展出這樣的飲食習慣，寧夏姐姐當然也沒有。所以很抱歉，這罐『章湘琳』你只能自己拿去煮了，或是分給其他住戶。」

大廚眼角閃過一絲落寞。「啊，是我沒考慮到。真是太可惜了，這次還特地熟成後才製作成肉醬。風味一定很好。」

「抱歉了大叔，我畢竟是『素食鬼』嘛，人肉就先不碰了。謝謝你的沐浴乳跟洗髮精，有空我們會再來玩。」

回憶之後，寧夏實在覺得過意不去。

「好像對大廚做了很殘忍的事。」她說。

「還是我現在去找大廚拿那罐肉醬？」東頤故意問。「你是不是肚子餓想吃宵夜了？」

「才沒有。你幹什麼？坐下，不准去找大廚。東頤！拿回來你自己吃掉，我絕對不碰。絕對、絕對不碰！」

「開個無聊的玩笑嘛。肉醬的話題先跳過。明天我們去採買吧？我查過了，附近有間大賣場，可以買到很多有的沒的。你不反對吧？」

「我沒意見。」

「那就說定了，我去洗澡。」

「那我去休息了。」寧夏走向房間，隨即聽到東頤問：「不一起睡嗎？」

這一問嚇得寧夏扭頭：「什麼？你不准進來！」

「我是在貼身保護你的安全。」東頤嘀咕：「你喝醉的時候我也是整晚待在你旁邊。」

「現在我沒醉，很清醒！你乖乖待在你的房間就好。」

素食鬼微笑，是惡作劇成功的開心笑容。「知道了，我保證哪裡都不會亂跑。」

杵在門邊的寧夏頗具戒心地盯著東頤，沒有立刻進房。東頤對她揮揮手，看起來是那樣人畜無害，清爽得適合去拍運動飲料的廣告。

「晚安了，寧夏姐姐。」

「晚安。不准進來喔！」寧夏迅速關門，躲在門後看著門把好一會兒，最後默默嘆氣，沒有選擇上鎖。

她吹乾了頭髮，把空調轉至舒適好睡的溫度，鑽進被窩。柔軟的床墊承接了一身的疲憊，枕頭也是那麼好躺。

濃烈的睡意襲來，讓寧夏的腦袋與感官變得鈍重，好像全身都要陷進床墊裡，被拉到深深的睡眠之海。

隱隱約約，寧夏聽到浴室的水聲。

是東頤在洗澡。

不知道為什麼，想到有東頤陪伴，她默默安心起來，在意識到之前便先深深睡去。

門外。

洗好澡的東頤踩著跟往常一樣沒發出聲音的步伐，無聲經過她的房門前。

素食鬼停下，看著閉緊的房門好一會兒。最後他悄悄說了晚安，走進寧夏分配給他的空無一物的房間。

夜越來越深。

×××××

早上，寧夏聽到陣陣敲門聲，不是來自房門的，是更遠的有一段距離的大門。起初半睡半醒的她沒有反應，直到電鈴緊接著響起，才把她從無夢的深深睡眠拖出。

寧夏呻吟一聲，翻過身，不肯起床。但是按電鈴的人有執拗的脾氣，按得沒完沒了，終於煩到寧夏受不了。

「是誰啊！」她掀開棉被，披頭散髮坐起。

寧夏本來猜是大廚，但大廚不像是會粗魯按電鈴的人，於是她立刻警醒，知道極有可能是其他殺人魔住戶上門拜訪。

寧夏小心來到房門邊，打開一小道縫。電鈴響個不停。有那麼一瞬間，她真希望是東頤溜了出去，結果沒帶鑰匙才按得這樣急。

可是東頤人就在客廳，明顯比她清醒有精神。

「又有訪客了，這個社區真熱鬧。我去看看。」東頤無聲往大門接近，寧夏看到他的身側露出一截銀灰色的冷冷鋒芒。

刀已經握在素食鬼的手中。

東頤臉湊在門前，透過防盜貓眼窺視。

「嗯？」

「怎麼了？有什麼不對勁嗎？」寧夏問。

「這個好像是來推銷的。」

「什麼？」寧夏以為自己聽錯了。

「我先開門看看。如果有個萬一，不好意思寧夏姐姐，今天要多買拖把跟抹布了。血跡處理很麻煩。」

東頤轉開門把，露出一道足以看清對方、也足夠揮刀的縫。

隨著門被打開，寧夏聽到響亮聒噪的男性聲音，讓這個本來寧靜的社區一隅，突然變得像商場般熱鬧。

「新住戶你好，我是再買就剁手的『剁手』！我專門在這個社區裡搞團購，這是這期的團購單，看看有沒有需要吧！放心，入手的管道很私密，不會被查到。上面的標價都打過折了，價格夠甜了，絕對有資格稱作甜甜價，所以不接受任何殺價！這是小本經營，薄利多銷。」

應門的東頤看見門外訪客的全貌，是個不高的年輕男性，很熱情，梳著旁分油頭，配著白襯衫與西裝褲，手上抱著一疊團購單。如果不是知道這座社區住戶的真面目，恐怕會以為是普通的業務。

「這麼突然？這是什麼敦親睦鄰的活動？」東頤接過遞來的團購單，來回看了看。「剁手哥哥，你這張團購單很特別。」

叫做「剁手」的殺人魔熱情介紹：「當然當然！都是為了這個社區的住戶量身打造的購買清單，絕對可以滿足各種需求！如果有額外的需要，填在備註欄那裡，就是這邊這格。我會弄到你需要的商品，價格一樣好談，一定給你甜甜價。話說回來怎麼只有你一個？被你認領的羊崽已經處理掉了嗎？還真快，管委會又要發租屋訊息誘捕新羊崽了。」

「消息傳得這麼快？已經知道租這間房的羊崽歸我了？」東頤吃驚地問。

「這種事不能遲，萬一誤觸其他人的羊崽，會違反住戶規定。這裡的管委會很盡責，有好好傳遞消息，跟收到訂單當天就出貨的賣家一樣負責，值得給五星好評。啊，素食鬼，你看過住戶規定了嗎？」

「還沒有，我只知道不能碰別人的羊崽。」東頤接著抱怨：「可不可以不要叫我素食鬼？」

剁手忽略素食鬼的抱怨。「這樣不行，既然搬進來了，有些規定還是要知道才行，就像要好好區分免運券適用的金額跟店家，這都是重要資訊。我這裡剛好有一張住戶規定，你收著。注意了，就像不能跟我殺價，千萬不要違反這些規定。」

東頤回頭，示意寧夏過來看看。

「咦？叫我？」她納悶。

「雖然是羊崽，但也算是住戶吧？」東頤說。

寧夏遲疑地走過去，恰好與剁手打了照面，後者露出業務般的油膩世俗笑容，讓她尷尬得趕緊低頭，與東頤一起看住戶規定。

社區住戶規定：

一、宰殺時注意音量，不得影響其他住戶。

二、每週四是屍塊固定清運日，請勿囤積避免惡臭。

三、不得對其他住戶豢養的羊崽下手。

四、健身房是絕對的和平地帶，禁止紛爭與獵殺。

五、花圃、水塔、地下停車場與機房一律禁止棄屍。

六、違反以上規定者，視為全社區住戶的羊崽。

兩個人看完都有些一言難盡，尤其是寧夏，她心想這是認真的嗎？這個社區的規則怎麼這麼可怕？

「那個健身房……是怎麼回事？為什麼是絕對的和平地帶？」

寧夏心懷僥倖地問，以為殺人魔在某種程度上也喜好和平。假如將來有個萬一，或許可以逃到社區的健身房求救。

剁手語帶保留地說：「這個可能就要小姐你去親自體驗才知道了。不要抱多餘的希望，健身房會變成那樣都是有原因的。」

「原因？」

寧夏沒等到回答，剁手卻先驚呼，這嚇了她好大一跳，腳後跟驚得差點離地。

「剁手哥哥，怎麼了？」東頤也嚇到。

剁手稍微調整襯衫領口，不可思議地說：「我發現我在跟羊崽說話！真神奇。好久沒有這樣單純不帶目的與羊崽對話了。好懷念啊。好像以前剛完成的頭幾筆訂單……啊，不是懷念的時候了，在你這邊耽誤太久，先這樣，我還要去發團購單。再見，期待你大買特買，買到剁手！」

送走了剁手，東頤關門上鎖，偕著寧夏回到客廳。東頤伸了懶腰：「一大早的，本來還以為是大廚大叔受不了，堅持要送肉醬，結果是個團購成癮的殺人魔。真巧，今天我們就打算去購物。」

「那張團購單上有什麼？會不會剛好有我們需要的？」寧夏問。

「這個嘛……寧夏姐姐你可以參考看看。」伴隨微妙的笑容，東頤遞來團購單。

寧夏困惑接過，仔細看了團購單。

「什麼？這些是什麼東西？」

這與寧夏預期的完全不同，本來以為會是生活雜物或是食品之類的團購，結果清單列出來的有線鋸、切割刀、安眠藥、麻醉藥、針筒、手銬、腳鏈、口球、眼罩、封箱膠帶、止血帶……全部都是這一類的物品，甚至還有分別標注成人用與幼童用的狗籠。

「為什麼連籠子都有？」

「噢，有些殺人魔在宰殺前，會先把羊崽囚禁起來。關多久不一定，看什麼時候想下手。」東頤解釋。

「原來還有這樣的嗎？不就跟豢養一樣？」

「就是有喔，殺人魔有各種風格類型，就像團購單有很多物品呢。」

寧夏好奇的心情都沒了，把團購單扔回給東頤。

「不要緊張，這都很合理。」東頤滿不在乎地說：「因為是殺人魔專用的團購單嘛。」

第七章　未清洗前禁止下水

晴朗的好天氣。

天空是不帶雜質，彷彿將雲都溶解的乾淨藍色。

過了中午之後，日光越來越溫柔，不再刺眼逼人，可以大膽直視，把這片難以想像的藍收入眼中。

是如此美好的日子，適合出去走走逛逛，享受微風與陽光。

直到社區內傳來慘叫，暗示有人從此失去外出散步的機會。

那聽起來像是活生生被割裂軀體，可能是被剖開腸腹，也可能是手指被一根根剪掉。總之是肉體承受難以想像的恐怖折磨，否則無法發出這樣淒厲的叫聲。

這樣悽慘的聲音在寬闊的中庭迴盪，嚇得幾隻麻雀一蹦一跳拍翅飛走。

才剛穿越大門、正好走入社區的寧夏停住。矗立眼前的樓房不見人影，也沒看到幾盞燈光，窗簾全都緊閉。

有好幾次寧夏在懷疑，在這座社區的暗處之中好像有很多、很多人在活動。而且「這些人」很懂得隱藏聲息。

在慘叫平息之後，社區靜了下來，氣氛異常詭譎，暗處盡是陽光無法驅逐的恐怖陰影。

站在社區前的她與東頤，簡直像是恐怖片的主角，準備深入未知的危險領域。

「你聽到了嗎？那是什麼聲音？」寧夏本來蒼白的臉頰，現在又白了幾分。

「是羊崽吧，真是不貼心的住戶，這樣會吵到鄰居。可惜也不能報警。」東頤滿不在乎地說，對那樣的慘叫沒有憐憫或恐懼。

起初寧夏還詫異東頤這樣的反應，隨後想起這傢伙畢竟不是一般人，都是因為那無害的外表令人混淆。

搞不好東頤比這座社區的住戶都還要危險！

「不過殺人魔遇到鄰居吵鬧還報警的話，真的滿窩囊的。」東頤突然有感而發：「要讓吵鬧鄰居消失的方法很多。」

真是平淡自然的殺人宣言，寧夏心想，手臂的痠脹拉去她的注意力。依照先前計畫，她與東頤一起外出採買日用品，現在兩人手上都提著裝得鼓鼓的塑膠袋。

東頤注意到她的不適。「怎麼了？你手痠了嗎？」

「好重。」寧夏乾脆把塑膠袋放下，手掌不斷顫抖，細長的手指布滿被提袋勒出的紅痕。

「沒關係，我拿吧。」東頤彎下身，接手她放下的大袋日用品。

「為什麼你看起來那麼輕鬆啊……」寧夏很吃驚，東頤明明看起來不是肉壯型的大力士，卻可以輕易提起這些東西。

「是寧夏姐姐體力太差，欠缺鍛鍊。」東頤拎著就走。寧夏趕緊跟上，不敢落單。

等待電梯時，東頤問：「還記得剁手哥哥說社區有健身房嗎？要不要去看看？」

「健身房？」寧夏腦海浮現一堆肌肉壯漢一邊噴汗、一邊嘶吼，用力舉起啞鈴的場面，這樣充滿雄性賀爾蒙的想像讓她卻步。「不用吧。我現在鍛鍊又沒意義。」

「怎麼會沒有意義呢？大廚大叔說過，寧夏姐姐你可以把握最後的時間多做不同嘗試。因為死掉之後就什麼都沒有了。」東頤說：「不管是像現在這樣搭電梯，或是去買日用品、上健身房的機會也都沒了。」

「謝謝你提醒。我沒忘記約定好的死期。」

「走啦，去看看吧？又沒有一定得運動，就當參觀。」東頤慫恿：「難道不會好奇全部都是殺人魔的健身房長什麼樣子嗎？」

寧夏試著想像，被當作羊崽的她出現在全是殺人魔的場合，那會是什麼樣的景象？

——簡直像是把肉塊扔到全部都是食人魚的池子裡。

「不！我不想去！」寧夏不斷搖頭，試圖驅散腦中鮮紅色水花飛濺的慘烈景象。「他們只會想殺死我。」

「放心，還記得社區規定嗎？不能對其他住戶的羊崽下手，還有健身房是絕對的和平地帶，有這兩條規定保障，寧夏姐姐你會很安全。而且有我在，誰都沒機會對你下手。」東頤保證。「走啦，去看看好不好？」

寧夏不說話。

「走啦。」

「就看一下下？」

「寧夏姐姐？好不好嘛？」

被東頤纏到受不了，寧夏最終投降。

「好啦，就看一下。」

×××××

兩人把採買的日用品放回租屋，短暫休息之後，依著告示牌的指引，一路來到健身房。

途中社區又傳出慘叫，跟兩人剛才聽到的聲音不太一樣，似乎來自不同的羊崽。

「會不會因為明天是禮拜四清運日，所以趁今天趕快宰掉？」東頤思考。

「我、我們快走吧。」寧夏頭皮發麻，不想深究，拉著東頤快步走過。

社區健身房位在一樓的中庭後方，佔地相當寬敞。靠近中庭的這一側是好幾面的大片落地窗，靠窗擺放整排的跑步機，讓人跑步時除了盯手機，還可以看看中庭滿溢綠意的景色。

雖然是應當上班工作的白天，但是健身房內已經有好幾名住戶在運動，滿臉是汗，在跑步機上下起伏。

寧夏發現大部分的住戶看上去都很正常，像是隨處可見、隨時都可能在路上擦肩而過的普通人。這讓寧夏詫異，以為殺人魔都如電影演繹的那樣變態、氣質古怪，好像怕人沒發現有異常似的。

「這是什麼？健身房使用規定？這個社區怎麼那麼多規矩，當殺人魔不是應該自由自在的嗎？」東頤發現張貼在門口的告示，停下來看個仔細。

健身房使用規定的第一條便強調，此處是絕對的和平地帶，禁止一切紛爭與獵殺。至於其他項目則與大部分民間健身房的規定差不多。

「怎麼只有這條規定加了紅線？」東頤念出來：「務必、務必、務必徹底清洗後才能進入泳池。」

寧夏跟著看，強調了三次「務必」，想來這條規定常被違反。

「走吧，我們進去。」東頤拉著寧夏，推開健身房大門。

寧夏在進入的瞬間屏住呼吸，擔心聞到濃郁汗臭跟體味，不過隨即發現健身房內的通風系統非常好，完全沒有異味。

比起這些，寧夏察覺到更糟糕的狀況，雖然是短短幾秒之間的事，但在進入健身房的瞬間，有好幾道視線往她集中過來。

當她尋找視線來源時，發現每個運動的住戶都是那麼若無其事，沒有一點破綻與不自然。

「不是你的錯覺，」東頤低聲說：「放心，待在我身邊會沒事的。」

寧夏點頭，隨著東頤走走看看。越看，她越覺得不對勁。跟先前怪異的視線無關，而是這些住戶的鍛鍊方式。

有個住戶抓著纜繩，來來回回往前揮舞。寧夏不確定這是什麼訓練動作，可是這名住戶的舉動，有一種凶狠揮刀的錯覺，好像眼前有人正在逃竄，而他要捅向對方背脊。

另外有名滿頭大汗的住戶，抱著藥球反覆往地上重砸。寧夏以為自己眼花，但是這看起來就像試圖把人的頭顱砸破……

至於最讓寧夏感到頭皮發麻的，是躲在角落不吭聲的住戶，正在用粗繩纏綁格鬥練習用的人形沙袋。

曾經遭到綁架、給殺人魔綁縛在鐵椅上的寧夏看到這幕，都快引發創傷後症候群。

也在此時她確信，這些都是為了殺人特別設計的訓練動作！

「是大廚大叔耶！」東頤發現熟人，拉著寧夏走向自由重量區。

該區擺放好幾張臥推椅，其中一張坐了頭髮摻有灰絲的男性，腳邊擱著兩個啞鈴，正在微微喘氣。

東頤打招呼，寧夏點頭致意。

「這麼巧，你們也來運動？」大廚笑著問。

「不算是，就來走走看看。」東頤說。

「試著把握時間，做不同嘗試了？」大廚欣慰地說：「這邊的器材都可以自由使用，如果有不明白使用方式的，不用客氣，可以問我。」

「大叔你好像對這些很熟，是管理員嗎？」東頤說著的同時，三人都發現健身房一隅冒出的巨大身影，停止了談話，目光被吸引過去。

那是高壯得猶如一堵厚牆的剛硬男人，身高至少有一百九十公分。雖然穿著寬鬆的大尺寸短袖上衣，但藏不住全身厚重的、經過長年鍛鍊而成的肌肉裝甲。

男人理著寸頭，蓄有落腮鬍，配上一身輕便適合運動的穿著，怎麼看都是健身狂熱分子。他的手上拿著好幾個餐盒，裝的都是雞胸肉、煎鮭魚、白飯、花椰菜跟蘆筍這類食物。

這個男人極具存在感與壓迫感，自帶的氣場剽悍驚人。遠遠看著的東頤與寧夏不免警惕，彷彿健身房突然闖進一隻棕熊。

「這是管理員，鬼山。」大廚介紹。

「鬼山？」寧夏好奇這個名字。

「有個知名影集裡的角色叫『魔山』，也是像管理員這樣體型驚人的壯漢，看到他就會想到那角色，所以取了鬼山這個綽號，當是致敬。」

「真的很壯觀，他的手臂比我的大腿還粗。」東頤打量，不太明白那種誇張的肉量是怎麼練成的，「這就是健身房能成為絕對的和平地帶的原因吧？」

大廚莞爾。「你說的沒錯，這裡有鬼山在，沒有任何殺人魔敢鬧事。」

拿著一堆餐盒的鬼山穿越健身房，坐到管理櫃檯，打開餐盒開始進食。他叉起一大塊的乾煎雞胸肉，往嘴裡塞。隨著咀嚼，額邊的青筋來回浮現，繃起的咀嚼肌同樣驚人。

「好可怕的食量。」寧夏數了數餐盒，那分量她花三天都吃不完，而且看起來都很清淡，沒有經過太多調味，對一般人來說恐怕難以下嚥。

「為了維持身材，鬼山下了很多功夫。他恐怕是這個社區裡最自律的人。」大廚感慨。

「我無法想像每天吃雞胸肉的生活，雞肉有一股奇怪的味道，我至今無法接受。」

結果人肉你就可以接受嗎！寧夏在心中吐槽，不敢說出口，就怕有個萬一，她會成為下一罐冰在冷凍庫的肉醬。

鬼山的進食像一場秀，讓人聯想到原野的掠食猛獸在大肆撕咬獵物。寧夏看得都呆了。

鬼山突然從餐盒中抬起頭，狠戾的視線像是護食的狼，嚇得寧夏趕緊低頭。

完蛋了，他發現我在偷看！我激怒他了！寧夏慌張起來。

更讓她驚嚇的還在後頭，鬼山猛然站起，大步走來，帶起一陣狂暴的腳步聲。其他運動的住戶跟著停下動作，注意鬼山的舉動。

寧夏呆了，好像要被迎面而來的大卡車撞上，忘了要跑。

東頤迅速護在寧夏身前，這是有生以來頭一遭，他沒有把握全身而退。鬼山那種身材根本是規格外的產物。

鬼山迅速逼近，大廚忍不住出聲詢問：「管理員？」

鬼山近身的瞬間，東頤幾乎要掏刀了，結果鬼山錯身走過，這時候眾人才明白管理員是衝往游泳池。

所有視線都追上去，看見游泳池唯一一個戲水的住戶，那是帶著痞氣的輕浮男人。

痞男的臉孔發紅，眼神迷茫，看起來是喝茫了。身上還有顯眼的汙漬，骯髒的棕紅色以他為中心，在泳池水面擴散。

寧夏想起貼在門口的健身房使用規定——務必、務必、務必徹底清洗後才能進入泳池。

鬼山衝刺後躍入泳池，彷彿砲彈炸入水中激起大片水花。僅僅是這樣一躍，他就來到痞男身邊。

高大的鬼山甚至足夠踩到泳池底部。他抓住痞男，往上一拋。

眾人的頭高高仰起，隨著痞男劃出的軌跡移動。

「哇啊啊啊啊！」被扔到半空中的痞男怪叫，重重摔進泳池，染髒的池水激烈濺開。

這一幕讓人聯想到虎鯨獵殺海豹時，會故意將海豹高高拋起。鬼山與痞男懸殊的體型也很有那麼一回事。

摔暈的痞男在池裡胡亂掙扎，拍出白色與棕紅交錯的水花。鬼山又一次逼近，探出壯碩的雙臂，牢牢抱住痞男，不斷收緊手臂。

痞男的臉逐漸被擠成醬紅色，還有不成句的呼救與哀鳴。

隨著鬼山持續用力，在嘩啦凌亂的水聲之中，傳出清脆的裂響。

「骨頭斷了。」東頤先說。

「大概是肋骨吧。」大廚接著說。

寧夏捂著胸口，心臟如鼓狂跳，全身的血液都在發燙。

她被眼前野蠻原始的單方面屠殺給震撼……竟然有如此單純且充滿壓倒性的暴力！

在這一瞬間，寧夏感到似乎有什麼被點燃了。

她無法移開目光，沉浸地觀看痞男的受難過程。

口鼻冒血的痞男發出哀號，雙眼翻白昏死過去。鬼山揪著他的領子，像撿走水中垃圾，把痞男拖上泳池岸邊，棄置不理。

「明天是清運日，這樣剛剛好啊。」有個住戶這樣說。

全身不停滴水的鬼山沿原路走回，經過寧夏身邊時突然停下。

「嚇到你，對不起。」鬼山很小聲地說，聲音沙啞難聽，但溫柔又充滿歉意。

「沒、沒關係。」寧夏同樣的小聲。

鬼山沉默走掉，寧夏也不知道是哪來的勇氣，可能是剛才目睹的原始暴力過於震撼，後頸與胸口仍在發燙。畢生至今從未接收過如此具有張力的一幕。

寧夏的靈魂飽受衝擊。

於是，她大膽叫住管理員。「鬼山先生。」

東頤詫異，大廚也納悶。

管理員停下，緩緩回頭，還是那樣不變的狠戾眼神。起初寧夏被看得退縮，不自主發顫，可是她實在太好奇了，也有無法自拔的莫名興奮與狂熱。

「可不可以教我你剛才用的那一招，」寧夏不敢與之對視，只有低頭看著自己的腳尖，並盡力把話講清楚：「就是抱住人，然、然後把骨頭抱斷的那招！」

「什麼？寧夏姐姐你對這個有興趣？你是不是嚇壞了，還是發燒？」

「不得了，實在太有趣了，這位淑女竟然有這方面的喜好。」

管理員久久沒有回應，寧夏遲疑地抬起頭：「對不起，是不是我太唐突了？」

鬼山嚴厲的臉孔突然扭曲，眼睛瞇了起來，嘴角往旁大大扯開，露出成排的森然白牙。比原先更加恐怖猙獰，著實嚇人。

「笑了，竟然是笑了！入住這麼久，我從沒看見他笑過。」大廚驚嘆。

「咦？這是在笑？」寧夏吃驚，她分辨不出來。

帶著常人無法理解、不敢輕易稱之為笑容的表情，鬼山豎起大拇指，以嘶啞但溫柔的聲音答應了寧夏的請求。

「可以。」

寧夏怔住，頭幾秒先確認沒聽錯，隨後便雙眼發光，直接敬稱：「鬼、鬼山老師，拜託您了！」

第八章　這個社區沒有祕密

淡薄的日光從窗縫溜了進來，是朦朧不刺眼的光。

寧夏躺在床上，陷在棉被與枕頭之中。她醒來好一陣子，遲遲不打算下床。渾身痠痛的肌肉阻礙了起身的念頭。

她漫無目的亂滑手機，直到突然想起，查看了網路購物的最新進度通知。

——您訂購的包裹已送達。

「這麼快？在網路上買東西真的好方便。」寧夏讚嘆，改換另一手拿手機。

現在的她連這樣輕重量的物品都感到負擔。

成為鬼山的學生之後，寧夏度過了極為充實的訓練課程，然後在起床時體驗到折磨人的延遲性痠痛。

寧夏一度以為身體不是自己的，發脹的肌肉如果有自主的意識，一定會哀號出聲。

為什麼人不像積木呢？寧夏心想，不然就能把痠痛的部位暫時拆掉，等不痠了再裝回來。

包裹已經在社區入口的管理室了，是放鬆肌肉用的按摩滾筒，以及補充蛋白質的乳清蛋白粉。都是鬼山這位沉默寡言的老師建議寧夏購入的。

雖然鬼山叮嚀攝取原型食物更好，但寧夏一來食量不大，二來不想像鬼山那樣吞水煮雞胸肉，更是懶得下廚，便先用方便的乳清取代。

好累、好懶、不想出門取貨，寧夏放下手機，發出疲累的嘆息。思緒懸浮飄散，回想這幾天發生的事。

寧夏發現入住社區，陸續認識幾名特別的住戶後，開始對更多事情感到好奇。塵封已久的、以為對事物只剩冷淡無趣的心情漸漸被取代，現在她想要知道更多、想要有不一樣的體驗。

或許這就是東頤帶她去社區健身房看看的原因吧？

不管是大廚要她多體驗各種事物，或是東頤看不慣她這樣厭世，總之結果還不錯。

只是寧夏的決定沒有被影響。時候到了，她會請東頤動手。相信名為素食鬼的少年也在日夜期盼執行的那刻到來。

時間不多了。

好像不能再賴床了？寧夏遲緩坐起，覺得身體要散了，還因為全身痠痛的肌肉發出哀號。

她慢吞吞地褪下睡衣，換上外出服。來到客廳時發現東頤人不在，牆上貼了張紙條：『出門買點東西，雖然寧夏姐姐你現在是無敵的，不過沒事別亂跑。』

「字好醜。」這是寧夏的第一個感想，第二個則是雖然不認為自己到了無敵的地步，但至少很安全。

現在的寧夏遠比剛入住時安全一百萬倍，沒有住戶膽敢打她的主意。

這不是毫無根據的自信，自從寧夏成為鬼山的徒弟之後，其他住戶看她的表情都變了，多出明顯的忌憚與防備，怕不小心越界，會被鬼山好好伺候。

在鬼山規格外的絕對暴力面前，這些病態狂徒也不敢輕易造次。

「殺人魔之間是不是也有類似食物鏈的生態？」寧夏這樣好奇，認定鬼山一定是位在這種食物鏈的頂端。

加上有社區住戶規定的雙重保護，寧夏現在是自由自在可以亂跑的羊崽了，只有東頤有資格殺死她。

基於保險起見，寧夏還是做了些準備。在出門前她謹慎地將一把野營小刀藏在口袋，是跟東頤那把一樣的款式。

——東頤跑去找了熱衷團購的殺人魔剁手，替她下訂一把。

口袋裡扎實的重量讓寧夏更加安心，她拿了鑰匙，離開租屋往電梯走去。

「哇啊啊，這麼巧有人！早上好！」

電梯打開的同時，露臉的是打過照面的剁手。

這個殺人魔在寧夏的印象之中，總是活潑吵鬧、像個精力過剩的業務。現在他懷裡不是團購傳單，而是一個紙箱。

「剁手先生？你手上那是什麼？」寧夏問，基於她對剁手還有這個社區的認識，猜想恐怕不是什麼太正常的東西。

「喔！這個啊？我在網路上訂了點東西，剛剛從管理室取貨。你來得正好，我為了湊免運多訂了好多，在網拍打滾這麼久，還是不小心上了免運費誘惑的當了。一定吃不完，你要不要來一點？」剁手打開紙箱，手伸往裡頭翻找。

「呃，來一點……什麼？」

「水果乾啊！鳳梨跟聖女番茄你喜歡哪個？青芒果不行，那是我最愛吃的，不可能分給你。怎麼這種表情？怕糖分太多？那來點無花果乾，這個沒加糖。」

「真的只是水果乾嗎？」

「我懂你在顧忌什麼了。我沒有吃人肉的癖好，這些都是跟正常的賣家訂的。不可能有那麼多殺人魔跟我一樣，在殺人之外還當網路賣家吧？當Youtuber的倒是有。來點無花果乾。」剁手拿出一個封口袋裝的水果乾，塞進寧夏懷裡。

「謝、謝謝？」寧夏只能接下。

「下次幫我慫恿素食鬼多訂點東西。那把小刀還好用嗎？素食鬼突然跑來真是嚇到我了。雖然說再買就剁手，不過錢再怎麼樣都不會不見的，只是變成喜歡的形狀！哈哈哈。」

吵吵鬧鬧的剁手抱著紙箱離開，走廊慢慢安靜下來。

寧夏仔細端詳那袋無花果乾，左看右看都很正常，沒有不對勁的色澤或汙漬。她小心打開封口，聞了聞，味道很香。

「應該可以放心吧？」寧夏取出一顆放進嘴裡，一邊咀嚼一邊搭著電梯下樓。

寧夏小心嚼著，突然驚嚇地睜大眼睛。

「天啊，怎麼會？這個好好吃喔！」

××××

沿路享用無花果乾的寧夏來到管理室，社區警衛看起來很普通，是常見的滿臉厭世、工作倦怠並且好像總是睡不飽的疲憊臉孔。

警衛看了寧夏，寧夏趕緊吞下嘴裡的無花果乾。「我要拿包裹。」

「都在那邊。」警衛用虛弱平淡的語氣說話，指了管理室的一處，那裡堆著許多紙箱。有個穿綠色吊帶褲的矮瘦女生正在翻找。

吊帶褲女生邊找邊碎念：「奇怪了，到底在哪裡？明明說寄到了啊？我等了好幾天，賣家寄貨好慢，進度都耽擱了……要熬夜趕工了，我不要……早知道當時在店裡看到就先買起來，一定要給一星負評……」

寧夏小心接近，保持一段距離尋找自己的包裹，順便觀察吊帶褲女生。

這女生留著短髮，還有梳理好看的空氣瀏海。挺起的鼻子小巧可愛。特別的是染成搶眼的粉橘色頭髮，看上去俏皮又鬼靈精怪。她在吊帶褲裡搭了素面的白色短袖上衣，腳下則是隨興踩著人字拖。

「怎麼堆這麼高啊……」吊帶褲女生嘀咕，把包裹一件一件搬開。

寧夏終於瞥見印有自己名字的包裹，從旁邊接近，試著抱起那個紙箱。

「哇！」寧夏驚呼，比預期的重太多了，現在連拿手機都有點吃力的她實在搬不動，只能應付水果乾這種輕到不行的物體。

這一叫引起吊帶褲女生的注意，她回頭看了看。「你那箱看起來好重，等我一下，我找到包裹再幫你。」

「幫我？沒關係，這樣太麻煩你。」寧夏下意識拒絕。

「我有帶推車過來。」吊帶褲女生看寧夏有些遲疑，接著再說：「都是女生，互相幫忙很正常吧。」

吊帶褲女生撇下寧夏，回頭繼續翻找。「找到了，終於啊！原來在這裡。」她從包裹堆拖出一個大紙箱，一路把它推出管理室，然後又回頭進來，同樣把寧夏的包裹推出去，然後放上推車，接著往上疊放自己的包裹。

「你的包裹真有重量，都買了什麼？」

「按摩滾筒，還有乳清蛋白粉。」

「有在健身？我想起來了，我知道你是誰！你是健身房那個肌肉狂收的學生對不對？」

「是我沒錯……」寧夏回答，這種成為名人似的感覺讓她不自在。

「同時也是素食鬼的羊崽，你都跟很特別的傢伙混在一起。」

「為什麼你知道這些？我自認滿低調的，可是這個社區好像沒有祕密？」

「原來你還不知道。有個很喜歡揪團購、叫做剁手的傢伙你看過嗎？他是這邊的八卦大聲筒，一堆消息都是他在傳的。沒事不要跟他說太多喔，不用兩天就會被全社區都知道了。」

寧夏呆滯，有一種被出賣的感覺，再低頭看看手上那包很好吃的無花果乾，心想難道這是類似遮羞費的東西？

「好啦，走吧。要怎麼叫你？我在圈子裡的綽號是『拼拼圖』，叫我小拼就好了。」

「我是寧夏。」

「你爸媽是不是很喜歡逛夜市才取這名字？」

「不是……」

「提到家人你的表情就憂鬱起來囉，還是因為這個玩笑很無聊？啊，沒別的意思，可能是我常拍片，所以習慣講玩笑話，這樣影片比較有趣。」

「拍片？」

「我是Youtuber喔！怎麼這種表情，有那麼驚訝嗎？現在Youtuber不是什麼稀罕的職業吧？我要先聲明，我是真的有利潤收入的，不是隨便上傳一兩支影片就自稱是Youtuber的那種人！」小拼自信又驕傲地說。

寧夏立即解釋：「我沒有懷疑你，是覺得很特別。你都是在哪拍影片？我常聽說還要另外租工作室？」

「我的主題很單純，一個房間就可以搞定了。你看起來真的很好奇。」

被說中了！寧夏心想，那份對各種事情都開始感到好奇的心情搔著她，讓她越來越心癢。面前的小拼不只是Youtuber，還是個殺人魔。這樣特殊的組合會拍出什麼樣的影片？

寧夏順著衝動，大膽提出請求：「可不可以讓我參觀你的工作室？」

第九章　這系列的角色都怪怪的

寧夏實在太好奇了。

朋友本來就不多的她，現實生活圈沒有認識任何經營Youtube頻道的人，於是她來到小拼的租屋兼工作室參觀。

「要有心理準備喔，我家超級、超級亂，因為都在忙拍片，就懶得整理了。」小拼事先聲明，拆驚喜箱似地打開門，揭露家中景象。

寧夏好奇地探頭，往裡頭望了一眼，隨即怔住。

「這是遭小偷嗎？」

「有嗎？我出門前就是這個樣子了。」小拼提醒：「小心門邊的鞋子。」

寧夏低頭一看，果然沒令她失望，亂丟的鞋子散成一團，扔得一塌糊塗。

更精彩的還在後頭，小拼的客廳堆滿鋼彈模型的紙盒，有的拆盒了、有的還沒拆，就地堆疊成一座座凌亂小山。靠牆放了好幾個金屬層架，霸佔大片牆面，一盒又一盒全新的鋼彈模型塞在架子裡。

乍看還以為來到模型專賣店……不過是被小偷光顧亂翻過的那種。

「很壯觀吧？這些都是我的收藏。」小拼把推車上的大紙箱卸下，從口袋掏出美工刀拆箱，裡面放的還是鋼彈模型。

小拼一盒一盒拿出來抱在胸前。「這些我要搬進工作室，你順便來看看吧。」

小拼雖然被懷中疊起的模型阻礙視線，走起路來卻非常靈活，俐落避開所有障礙物。反倒是寧夏走得跌跌撞撞，隨時都擔心會被絆倒，或是害怕撞到亂堆的雜物。

小拼用腳踢開一旁的房門，寧夏跟著進去。

這間被當成工作室使用的房間，狀況要比客廳好上許多，工作桌的桌面還算整齊，鋪了大片的切割軟墊。除了放置麥克風與工作燈，另外就是模型的製作工具，沒有其他多餘物品。

工作桌前另外架了補光燈，看上去相當專業。更壯觀的是工作桌後方的展示櫃，放了許多組裝完成且經過塗裝的鋼彈模型，在展示燈的照耀下顯得氣勢十足。

寧夏湊上去觀察，雖然一架機體都認不得，但看得出小拼的技術很有一套。

「怎麼樣？超帥的對吧？」小拼像個淘氣的男孩子炫耀，把手中盒裝模型一股腦放上桌，輕拍幾下。「這是我接下來的作業，今天要熬夜囉。拿鋼彈當頻道主題雖然很有趣，可是組裝跟噴漆好花時間喔。我新鮮的肝都要變色了。」

「你接觸這些幾年了？」寧夏好奇問。

「幾年了？」小拼試著回想。「從很小的時候就開始了。同年紀的女孩子都玩娃娃，我就是喜歡機器人。不過那時候組裝都是亂來，根本是在糟蹋模型。我從家裡隨便找把剪刀就直接把零件剪下來，弄得零件白化，貼紙也亂貼。還因為粗魯把玩，結果弄斷鋼彈的手或腳，是回想起來就覺得愧對鋼彈模型的時光。」

小拼雙手合十懺悔。「你有在接觸鋼彈模型嗎？還是看過動畫？」

寧夏只有搖頭的分。

小拼跟著搖頭。「真是太可惜了，來，我帶你好好認識！」

她拉著寧夏，把這個鋼彈菜鳥拉到客廳，沿路介紹亂堆的模型各自所屬的系列。

「這個是最經典的鋼彈之一，用藍白當成基底，再配上紅跟黃。很多主角機都是這種配色。後來系列越來越多，主角機就不一定是這樣配色了。你看像這隻雖然是白色的，不過變形後的裂甲有紅色綠色藍色幾個版本，還搭配不同武裝。」

「啊，還有這個，你看不看動畫？千萬不要追這部，超級爛尾，監督跟編劇還輪流接力，講一堆幹話羞辱觀眾的智商。還有超級bug不合理的兵器登場，什麼破●魔劍啊！哪有雜魚小兵拿那種武器就可以遠距離狙擊命中主角群？太奇怪了啦，枉費這系列的機體超級帥！」

小拼說個不停，寧夏盡量聽。儘管無法完全理解，但小拼是那麼興奮，眼裡還有光芒，激起寧夏的興趣。

寧夏發現一隻特別的鋼彈，擁有天使造型的翅膀。她好奇問了：「這隻是什麼？」

「你真有眼光，這個也是很受歡迎，有一陣子接到代工的案子都是在做它！」小拼說明：「不過這系列的角色都怪怪的，主角動不動就喊要自爆，還不是嘴上說說，是真的按自爆按鈕把自己炸掉。男主角第一次遇到女主角就說：『我要殺了你！』結果你知道女主角怎麼回答嗎？」

「怎麼回答？」

「她竟然叫主角快來殺她。」

寧夏愣住，這個遭遇是如此相似——東頤想殺死她，而她願意死在東頤手上。

「你是不是對這隻特別有興趣？反應很不一樣喔。」小拼一副得逞的嘴臉，好像認定寧夏已經入坑了。

「不、不太算，男女主角的互動讓我覺得很有趣。小拼你好厲害，知道這麼多。」

「你平常有沒有什麼興趣？」

寧夏想了很久，腦海一片空白，除了偶爾去酒吧喝酒放空之外，好像沒有熱衷的事。

「真是太可惜了，不然你來試著組模型。」小拼大方把那盒擁有天使翅膀的鋼彈塞進她手裡。「這個就送你了。還需要工具對吧？我這邊除了鋼彈模型，就是工具最多。你等我。」

小拼在客廳亂翻亂找，湊出斜口鉗跟一組砂紙、打磨板。「新手先學會使用斜口鉗跟砂紙就好，光這兩個就要摸索很久。」

小拼仔細說明工具的用法，還拆了其他盒模型來示範，寧夏仔細聽著，有點像回到學生時代上美勞課，只是做模型更加有趣。

「最後再用這個號數的砂紙去打磨收尾……」小拼突然定格，搔搔那頭粉橘色的頭髮，然後呆滯地拿出手機。「我就覺得好像忘了什麼！」

小拼扔掉手中砂紙，猛然跪倒在地，一臉欲哭無淚。

「怎麼了嗎？」寧夏擔心地問，還在猜難道是忘記繳房租？

「我錯過好多次了，顧著組模型跟拍影片，然後作息就爆炸了，都忘記禮拜幾是禮拜幾。前幾天是清運日！我有好多東西要丟……」

「你說的好多東西是……」

「跟我來。」小拼拉著寧夏到另一個房間。裡面的地板鋪滿防水布，還放著幾個冰櫃，看起來是賣場店家賣冰棒用的那種款式。

不過在這社區見識過各種妖魔鬼怪的寧夏學乖了，嚴重懷疑沒那麼單純，冰櫃裡放的絕對不可能是冰棒。

小拼走向其中一個冰櫃，打開後拿出一個人類的腳掌，然後又伸手進去，取出另外一截前臂。泛白的腳掌與前臂看上去非常僵硬，飄出白色冷氣。

人的屍塊……寧夏捂嘴退後。

「你別擔心啦，我才不敢碰別人的羊崽。你還是那個肌肉鬼山的徒弟耶，我這麼瘦，他一隻手就能捏死我。」小拼頓了頓，恍然大悟說：「難怪你會怕我！跟你相處太自然了，如果不是因為你害怕，我都忘記你不是我們這個圈子的。抱歉啦！」

笑嘻嘻的小拼把腳掌跟前臂丟回冰櫃。「這邊是我另外的收藏，我很喜歡收集人體的斷肢，然後重新組裝成人形。」

「所以你才叫……」

「對呀，『拼拼圖』這個綽號就是這樣來的。」小拼打量寧夏，惋惜地說：「可惜你被素食鬼認領了，不然你拿來當零件一定很棒，長得好看，身材也很好。」

這番同時包含讚美與覬覦的話語，讓寧夏的心情很複雜。

寧夏維持捂著口鼻的姿勢，警戒地靠近一個冰櫃。果然堆滿人類的斷肢，光是匆匆一瞥就看到好幾條手臂。

「這邊的你千萬不要看喔，」小拼擋在一個冰櫃前。「這邊放的都是人頭，有些眼睛還是張開的。我試過了，眼皮就是蓋不起來。這就是人家常說的死不瞑目吧？對你來說可能太驚悚了，還是回去組模型吧？」

「好……你要不要先洗手？你剛剛摸過……屍塊。」

小拼攤開手掌看了看。「那些屍塊都處理過，滿乾淨的。不過看在你的分上，我會好好洗手讓你安心的。等等我啊，順便幫你把包裹還有模型推回去。」

×××××

東頤拎著大包小包的食物回到社區，手上裝滿的塑膠袋不斷摩擦碰撞，發出沙沙聲。

這幾天都是叫外送解決三餐，東頤膩了，特地跑去超市，買了新鮮的食材打算下廚。

雖然廚藝不算絕佳，至少讓人甘願吞下肚沒有問題。這點自信東頤還是有的。

其實不僅是因為外食吃膩了，東頤更是為了寧夏。他沒料到寧夏會對鬼山的「技術」這麼感興趣，還主動想學。

看著寧夏揮汗練習，不斷消耗體力，東頤認為好好補充營養是非常重要的事。這才是促成素食鬼跑這一趟的首要理由。

東頤盡快採買完畢，不想獨自留下寧夏太久。雖然她現在很安全，但是東頤沒有傻到百分之百樂觀。

這是他好不容易找到的羊崽——她只能死在他手上。

哼著歌，東頤回到與寧夏同居的租屋。

他以為寧夏還在賴床，卻發現她待在客廳，拿著斜口鉗熱衷地剪下模型零件。鋼彈的兩個腳掌已經成形。

寧夏過於專注，沒發現東頤回來了。調皮的少年放下食材，偷偷來到寧夏身後。

「哈！」東頤突然大叫。

「哇啊！」寧夏嚇得一震，斜口鉗差點脫手。回頭發現是東頤，馬上板起一張臉。「這樣嚇人好玩嗎？」

「寧夏姐姐，」東頤誠懇地說：「看你嚇成這樣，真的滿好玩的。」

東頤調皮退開，寧夏搶著站起，卻因為盤腿坐了太久雙腿發麻，腿一軟，人直接往前撲，撞上東頤。

兩人雙雙倒地。

東頤為了接住她，沒有閃避，甘願當肉墊。

寧夏看見東頤清澈的雙眼，慌得避開目光，接著便看見他挺起的鼻尖。兩人的臉頰同樣好近。寧夏這才發現不小心壓在東頤身上。

她眨眨眼，他也眨眨眼。

在沉默之後——

「好癢。」東頤搔搔臉頰，捲起寧夏垂落的髮尖。

「唔！」寧夏臉頰發燙，強忍發麻的雙腿，整個人往旁滾開。視野隨即顛倒，不再是東頤的臉，而是空蕩蕩的天花板。

東頤不著痕跡笑了笑。

「寧夏姐姐，你餓不餓？我來煮點東西。義大利麵你吃嗎？」

臉泛紅暈的寧夏呼吸有點急促，很快地說：「我、我都吃。」

「太好了。」東頤俐落跳起，拎著食材往廚房走去。

寧夏偷看他走遠的背影，伸手摀住又紅又燙的臉。「什麼跟什麼啊……好丟臉！」

第十章　殺人魔也想要溫馨的窩

「寧夏姐姐，走！我們出門！」

調皮的殺人魔少年一早就闖進房間，懷裡抱著摺疊整齊的衣物。

寧夏放下斜口鉗，抬起頭。她人在床上，盤起的長腿上擱著組裝說明書，打開的模型紙盒以及各色零件散落在床。

「出門？這麼突然要去哪？」寧夏發現東頤懷中的衣服很眼熟，是她在酒吧喝醉那晚穿的外出服——黑色素面襯衫與同為黑色的修身長褲。

「你幫我洗好了？」寧夏訝異眨眨眼。「我本來打算累積起來一次洗完的。」

東頤把衣服放到床邊，對她搖搖頭。「衣服不能久放，汗漬有味道，還會發霉。」

寧夏發現在堆疊的衣服之中，露出內衣的一角。她愣了愣。「怎麼連這個也洗了？」

「既然是洗衣服，當然全部都要洗。這種貼身衣物更要注意清潔。我有加衣物柔軟精，洗衣精也挑味道清爽的。放心吧。」

「不是這個問題。說得那麼無關緊要，不是你的內衣，你當然覺得沒關係。」

「不過就是內衣而已……」東頤停住，明白她的意思。「不要誤會我，我不是看到內衣就會產生奇怪遐想的人。不過是幾片布料而已。」

「什麼叫幾片布料？」

「寧夏姐姐，你聽我說。」東頤正經解釋：「不要說是內衣了，就算是裸體在我面前，我也覺得沒什麼。」

「你是在說我沒有吸引力？」寧夏拳頭不自覺握緊，升起一股想打人的衝動。

「不是！當然不是這樣。」東頤連連擺手否認。「寧夏姐姐你當然很有吸引力，外顯高冷但私下溫柔，這是很棒的反差。加上你病懨懨的，非常厭世，說不定有機會發展成病嬌路線。不過呢，比起這些，你應該是最明白我在追求什麼的人。」

——殺死想死的人。寧夏腦中閃過這句話。

這才是被殺人魔圈子戲稱為素食鬼的少年所追求的。

「你知道答案了。」東頤往前挨近，黑白分明的乾淨眼眸盯著寧夏。

她被看得不自在，便別過頭，嘟囔著：「幹嘛？」

「放心，寧夏姐姐你長得很好看。」東頤豎起大拇指。「快換衣服吧，我們出門！」

「到底是要去哪？你是喝酒還是怎麼了？太興奮了，讓我害怕。」

「這還用說嗎？你看看，不會覺得屋子太空曠了嗎？我們去挑點家具好好布置吧。」

「有必要嗎？反正我最後都會……那不就是你在追求的嗎？沒必要布置吧。之前把需要的日用品都買回來了，已經足夠生活了。」

「日用品是日用品，家具是家具。至少買個櫃子，一堆雜物都放在地上，連你的衣服都還是放在行李箱，這樣太淒涼了。」東頤認真地說：「你偷偷搬出來住，孤單一個人已經很可憐了，不能死在這麼冷清的地方。一定讓你在溫馨的小窩跟世界告別。」

東頤說完還調皮揮揮手，做再見狀。

「我跟鬼山老師上完課，全身都在痛，沒有力氣出門。」寧夏哀號：「我只想躺在床上發呆，或是組模型。」

「走啦，我都特地幫你把衣服洗好了。你最近都穿寬鬆的衣服，會讓自己變醜喔。有個世界知名的牛郎說過：『如果總是穿著運動服，就會漸漸變成適合穿運動服的人。』如果真是這樣就太可惜了，寧夏姐姐，你穿這套合身的黑襯衫跟長褲很好看，身材超級修長。如果滿分是一百分的話，你可以拿到一千分。」

「浮誇，好油膩。」寧夏給了白眼回應。「你也把自己當牛郎了嗎？」

「當然不是。」東頤綻開燦爛的笑容：「我是要完成你想死心願的殺人魔。」

××××

東頤離開房間後，寧夏嘆氣，捧起少年特地為她洗好的衣服，再低頭看看一身寬鬆輕便的衣物，的確是截然不同的打扮。

她又一次嘆氣，脫下上衣，露出白皙光滑的身體，纖瘦得可以隱約看見肋骨的形狀，腹部不帶一點贅肉。接著脫下棉褲，修長的雙腿就這樣被釋放。

寧夏看了看關起的門，哼了一聲，有幾分不肯妥協的掙扎。

「好吧，如果真的覺得我穿這樣比較好看的話……」

×××××

「哇，好久沒看到這樣的寧夏姐姐。」

當寧夏換好衣服，來到客廳時，等候已久的東頤發出戲劇性的驚呼，接著雙手摀住嘴巴，彷彿見證了什麼不得了的奇蹟。

寧夏冷冷看他一眼。「太浮誇了，停下來。」

「我也這樣覺得。」東頤放下雙手，收斂所有表情。仔細打量寧夏。「穿這樣真的很好看，平常亂穿太糟蹋了。」

「你想把這裡布置成什麼樣子？」寧夏看了屋裡一圈，很空。「你有什麼想像？」

「想弄得溫馨點，可能弄一套沙發，附個抱枕或娃娃。餐桌想換木頭色的，配整套的餐椅……沒了，暫時想不到了，看現場有什麼吧？你呢？有什麼想法嗎？你對家有什麼想像？」

家？寧夏思考，這倒是成了完全不同的問題，布置是布置，家是家。

「我還沒想到。」寧夏反問：「你呢？」

「這個啊，我對於家的想像可以說是幾乎沒有。」東頤有幾分冷淡與無奈。「我是無家可歸的素食鬼啊，在城市流浪尋找想死的人，拿這些人贈送的財物過活。我睡過超商跟車站，也曾經跟打地鋪的遊民一起數星星。寧夏姐姐，你知道嗎？人真正需要的其實不多。」

「你還想買家具布置，這跟你說的話衝突了。現在這樣的狀況，正好符合你對於『不多』的定義。如果是這樣，我可以回房間了。沒必要特地跑這一趟。」語氣激動的寧夏有一股奇妙的微微怒火，卻跟東頤矛盾的話語無關。

東頤拉住她的手，以防她轉身就走。

「我真的很擅長看出誰想死，就好像大聯盟的打者，可以判斷哪些球該打，哪些球最好不要揮棒。寧夏姐姐你很矛盾，你是真的、真的想死。你的自我毀滅宣言一點都不假。可是還有其他的、同樣很強烈的東西在寧夏姐姐你身上喔。你既空虛又飽滿，擁有兩種衝突的概念。」

「不要跟我說你反悔了。我答應了你，你也與我約定好，最後要完成你所追求的不是嗎？」寧夏的眼神冷下來，有幾分失望。

東頤牢牢拉住她的手，無比認真地說：「不可能反悔，在我這邊沒有這個選項。唯一能讓我放棄的，只有在你不想死的時候才會成立。被殺人魔們調侃的素食鬼，跟他的綽號一樣是個玩笑，明明是殺人魔卻不殺不想死的人。」

「我明白了。我的想法還是沒變。」寧夏說：「等我……嗯，等到約定的時刻結束之後，你可以待下來吧？我會多繳房租，讓你能一直住下去，不要到處流浪了。」

寧夏說完釋懷多了，那些怒意立刻消散。

「原來寧夏姐姐是心疼我？」東頤調皮眨眨眼。「剛剛你突然很激動呢，原來是擔心我到處流浪睡路邊？」

「多嘴！」寧夏搥了他一下。

××××

寧夏與東頤穿越中庭，準備去外面攔台計程車。被兩側綠色的草皮包夾的走道上，有個推著推車的女生走來，伴隨車輪輾過粗糙地面的喀喀聲響。

這個女生有一頭顯眼的粉橘色頭髮。

「啊，是你。」寧夏認出是誰。

「你又要領包裹嗎？是不是入坑開始訂鋼彈模型了？」小拼眼睛發亮，遇到同好讓她很開心，順便展示新的戰利品：「你看，為了拍新影片，我又入手好幾隻新模型了。」

其實不用小拼強調，寧夏老早就看見推車上的大紙箱了。

「我沒有包裹，這次要出門看家具。」寧夏說。

「這樣啊，好可惜……啊，等等！我需要買新的櫃子，工作室的椅子也想換，已經搖到我以為天天都在地震了。我可以一起去嗎？」小拼對東頤投以詢問目光。「素食鬼，你不會介意吧？我不是故意要打擾你們約會喔。」

東頤一臉無所謂。「不要把我當成那種肚量狹小的男人，寧夏姐姐有朋友我也很開心。可是不好意思，請問你是？」

「啊？我？」小拼錯愕，眼睛跟嘴角都垂了下來，藏不住沮喪。「可惡，就算Youtube頻道有幾萬訂閱了，我在殺人魔圈子還是那麼沒存在感嗎？我是『拼拼圖』，沒聽過沒關係，反正我就爛。」

「不是這樣說，我只是注意力都放在羊崽身上……」東頤雙手突然搭在寧夏的肩上，嚇得她一愣。「你看，我們家寧夏姐姐今天是不是特別好看？」

小拼上下打量。寧夏覺得小拼那種打量方式，好像是在肉攤看販售的肉品似的。

小拼肯定地點頭。「今天的寧夏真的不一樣，上次那樣穿好糟蹋，太居家隨便了。寧夏，你真的好適合黑色。嘿，素食鬼，可不可以打個商量？等你殺死寧夏，屍體留給我好嗎？」

「什麼！」寧夏終於懂了，原來這個「好朋友」對她打的是這種主意。

「寧夏你不用擔心，這樣不算對別人的羊崽出手。我沒有違反社區規定，不會有事的。」

「我不是在擔心你，你拿我的屍體到底想幹嘛？」

小拼露出天真又狂熱的神情。「上次不是聊過了嗎？你長得那麼好看，身材又棒，是很好的組裝零件！可以拿你組合出什麼樣的人形呢？想到就好期待……」

盡顯本色的拼拼圖說完舔舔嘴唇，讓寧夏看了頭皮發麻。這是褻瀆死後的她啊！

「不行，寧夏姐姐不管是死的還是活的，都只屬於我。」東頤果斷拒絕。「你去找別的羊崽吧。」

小拼哀求：「我只要一隻手掌就好？啊不，給我腿好了，寧夏的腿好長，如果可以兩條都給我就太好了。」

「想都別想。」東頤再次拒絕。

「至少我可以跟你們一起去找家具吧？這是我第一次跟別的殺人魔還有羊崽出門，這種經驗好難得喔。」

東頤沒答，先用眼神徵詢寧夏的意見。

「只要你別繼續打我的主意就好。」寧夏聲明：「到門口等你，快點過來喔。」

「知道了！」推推車的小拼留下奔跑的背影，往電梯奔去。

東頤這時說：「放心，我會好好處理你的屍體，不會落入其他殺人魔手裡。」

「我該道謝嗎？」寧夏沒好氣地問。

兩人繼續走，經過管理室，來到大門外等待。

天空是混濁的淺灰色，被雲層覆蓋，陽光因此稀釋許多，不太曬人。久久才有一陣風吹過來，是挾帶泥土潮濕味道以及些許城市廢臭的風。

因為鄰近郊區，馬路少有來車。馬路的對面是叢生的雜草與幾棵垂下細密氣根的榕樹。白色的蝴蝶在雜草之中盲亂飛舞，發現沒有花蜜後便飛走了，消失在寧夏的視線裡。

「小拼好慢喔。是不是被亂丟的鞋子還是模型絆倒了？」寧夏猜。

「殺人魔這樣也太窩囊了。我只聽說過在肢解羊崽時踩到血滑倒，結果刀子失手捅在自己身上的案例。」東頤補了句：「後來是死是活就不知道了。嗯？這台車怎麼靠過來了？」

一台白色轎車駛近，是仔細打理過，車身沒有太多灰塵的乾淨車子。

這台車在兩人面前停下。淡定從容的東頤不著聲色，護在寧夏面前。不過當駕駛座的車窗降下時，東頤隨即放鬆幾分戒備，原來是熟人。

大廚手搭在方向盤上，感興趣地問：「午安，真是巧遇，兩位要出門？」

「大廚大叔你說對了，我們準備攔台計程車。」東頤說。

「這裡沒什麼計程車經過，最好是預先叫車。公車站牌雖然不遠，不過班次少，等車時間又久。我很好奇兩位打算要去哪？」

「去找點家具，把房子好好布置一下。如果有順眼的裝飾品的話，也順便買一些。」

「家具？正好我想挑盞燈。如果不會嫌我當電燈泡的話，載你們一程怎麼樣？」

寧夏說：「小拼也要一起去，大廚先生你能接受嗎？我們正在等她會合。」

「小拼？」大廚想了想。「噢，我知道那位小姐，髮色很特別、常常領包裹的那位對吧？可以的，沒問題。不過你們要稍微等我幾分鐘。我剛回來，有些東西要放進屋裡。」

「該不會是？」寧夏很自動往車後看。

大廚露出會心的微笑，稍稍降下後座車窗，那裡有昏迷不醒的兩個人。

「新肉醬，這次叫TingChiu跟吳紹瑋。」大廚苦惱地說：「我還要改標籤，弄錯肉醬的名字真是慚愧。有一罐肉醬應該叫廖均翰，我錯把均寫成金字旁。」

寧夏好奇問：「大廚先生好像很擅長綁架，而且成功率很高？這有什麼訣竅嗎？」

大廚溫和又客氣地說明：「我想首先要注意的是擁有良好的儀表，並不是指浮誇或昂貴的衣飾，而是將自己好好打理。乾淨整齊是必須的。再來就是談吐，除了該有的內涵，還要注意措辭不帶侵略性且不隨意批判，配合適當的幽默，可以有效讓目標羊崽放低戒心。接下來就很簡單的。」

「聽起來好像很簡單，不過那是因為大廚大叔你很熟練吧。」東頤說。

「凡事都需要練習。起初的笨拙與摸索後來都變成有趣的回憶。」大廚將後座車窗升回原位。「寧夏，你感興趣的話就找機會試試。不需要執行到最後階段。除非你需要人代勞，我當然很樂意。還是素食鬼願意出手？但這似乎違反你只殺想死的人的信條。」

「沒錯，我不碰。」東頤雙手一攤，表示不管這些。

寧夏懷疑地問：「我嘗試這個似乎沒什麼意義，我就剩下最後一點時間。」

「即使只剩幾天，你還是擁有各種可能性。在你打消這些念頭，提前宣判自己出局前，依然有嘗試的機會。」大廚鼓勵地微笑：「都去試試吧。」

「我明白了，如果有機會的話。」

「那麼先這樣，麻煩兩位在這邊稍等，我處理完立刻回來。」

大廚踏下油門，車緩緩駛離，朝向社區的地下停車場入口。

第十一章　處理牲畜與羊崽的差別

三個殺人魔，一隻羊崽。

這樣奇異的組合來到知名家具賣場，藍底黃字的配色如此搶眼，在灰濛濛的水泥街景之中顯得過於鮮豔。

「推車！我要推推車！」小拼一跳下車就跑向賣場入口，搶著要拿金屬推車。似乎是領取包裹太習慣，讓她對推車充滿好感。

「今天人好多。不知道有沒有想死的人？」東頤掃視擠進賣場的眾多人頭。

寧夏則是挨近東頤，她排斥人多擁擠的地方。人的交談與嘻笑都是過於刺激耳膜的噪音。另外還有複雜的氣味，不管是體臭或汗臭，以及沒有品味的濃郁香水或體香劑、髮蠟、吸菸的人沾黏在身的菸臭，都令她覺得噁心。

「寧夏姐姐，你怎麼這麼排斥？酒吧不是也有很多人嗎？你那時候看起來就很自在。」

「不一樣，酒精可以讓我放鬆，而且是靜靜坐著，可以忽略很多事情不管。這裡好煩。」寧夏撇嘴抱怨。

東頤輕拉寧夏手腕。「不要緊，寧夏姐姐，跟好我。」

「讓小拼開路，我跟東頤走在你左右兩邊，至少可以阻隔人群。」大廚站到另一側，變成殺人魔們護衛羊崽的奇妙隊伍。

「寧夏，你吃過這邊的冰淇淋嗎？甜食跟酒精一樣，都會讓人很愉快。」小拼邊走邊轉頭問，推車不小心撞到前面的大媽。

這個莽撞的殺人魔發出「喔！」的一聲，然後就當沒事繼續往前走了，留下獨自惱火、猛瞪小拼的大媽。

「冰淇淋先等等，現在要挑溫馨的東西。寧夏姐姐你覺得這個鯊魚娃娃怎麼樣？好像是受歡迎的商品。」

「這個我要！」小拼拿了兩隻鯊魚娃娃放進推車。「一隻是寧夏的。」

「咦？什麼？我沒說我要。」

「來這邊就是要花錢的，不要客氣，就當我強迫推銷吧。今天的我是鯊鯊推銷專員。」

「為什麼要用疊字？」寧夏很困惑。

「當然是因為這樣比較可愛啊！你看，像我叫『拼拼圖』是不是就很有親和力，完全不會想到是殺人魔對吧？」

「嗯……」寧夏想說點什麼，但決定算了，不忍心打斷小拼的興致。

這個奇妙組合邊走邊看，邊看邊玩。

「想要布置溫馨居家環境的話，燈光很重要。可以把燈泡改成暖色系的，或是另外找立燈，可以當照明也能當裝飾。」大廚給了建議，不過三個年輕人的注意力都被其他東西吸引，沒有聽到。

大廚尷尬微笑，笑裡有幾分察覺不易的滄桑，透出年長者被遺棄的淡淡哀傷。

「這個沙發不錯！寧夏姐姐來坐坐看。」東頤拉著寧夏輪流試坐好幾張。「這張好軟，直接陷下去耶？」

「支撐力不好的沙發會造成脊椎的負擔。」大廚還是忍不住出聲提醒，然後再次被無視。

小拼已經扔下推車，跑到床墊區去了。寧夏跟東頤也跟了過去。

「這張床看起來很好躺……這邊怎麼又有鯊魚娃娃？別誘惑我，我只要一隻就好、只要一隻……喔，可惡，這個看起來真的好可愛好好抱。」小拼沒能抵抗誘惑，抓起第三隻鯊魚娃娃。

「你不是要看櫃子嗎？」寧夏提醒。

「鯊鯊那麼可愛，鯊鯊優先。」小拼強調。

「寧夏姐姐你需要這個毛茸茸的地毯嗎？這樣腳不用直接踩到冰冰的地板。缺點是容易積灰塵。」東頤插嘴。

「那弄一台掃地機器人吧。」小拼說：「我可以幫你們塗裝成新安洲的配色。」

「新安洲是什麼？」「那是地名還是什麼宗教？」寧夏跟東頤接連問。

小拼瞪大眼睛：「你們連新安洲都不知道？那是很有名的鋼彈耶！」

「我才剛接觸模型。」寧夏說。

「我只對想死的人有興趣。」東頤也說。

大廚沒加入新安洲的討論話題，接連被無視的他已經看開了，坐在不遠處的椅子放空。周圍有不少相近年紀的人在休憩。

年輕活潑的三人組一路走走停停，挑選順眼喜歡的家具，陸續填好宅配訂購單。殿後的大廚乾脆以自己的步調參觀，還能從後方同時顧及三人。

歷經幾個小時，寧夏與東頤終於把該看的、該挑的都挑完了。小拼也順利選購需要的展示櫃與新椅子，懷中還多了兩隻結完帳的鯊魚娃娃，第三隻則硬塞給寧夏。

「接下來你們有什麼打算？吃點東西，或直接回社區？」大廚問。他的腋下夾著紙箱裝的組合燈具。

沒什麼意見的寧夏看看東頤，東頤再看看最聒噪而且意見最多的小拼。

「我現在好餓，想吃正餐也想吃冰。大分量的那種。」小拼愁眉苦臉地說：「這裡人越來越多了，餐廳根本沒位子。」

大廚建議：「既然這樣，我知道社區附近有一間餐廳，評價很好，剛好是社區住戶開的。

去那裡吃晚餐吧？」

「你是說『看見羊』嗎？我喜歡它的羊肋排特餐，每次去都要點。附餐的蘑菇濃湯好好喝喔。」小拼舔舔嘴唇。「如果是那間店的話完全沒問題。寧夏跟東頤是新搬來的，還沒吃過吧？一定要試試看。」

「我都可以，寧夏姐姐去我就去。」

「那麻煩大廚先生帶路了。」寧夏客氣地說。

「沒問題，都上車吧。」大廚眼裡有光，終於再次奪回存在感。

×××××

「看見羊」這間餐廳距離社區不遠，從社區出發就可以輕鬆徒步到達。寧夏有些訝異，竟然對這間店沒有任何印象。

小拼又是率先下車帶路，她推開餐廳的玻璃門，故意裝成服務生的樣子，招呼大家入內。身穿白襯衫與西裝褲的正牌服務生站在一旁，無奈看著小拼，後者還以淘氣的笑容。「開個小玩笑，接下來交給你。」

「請跟我來。」服務生咳了一聲，帶他們入座。

餐廳相當寬敞，方形餐桌依照固定的間距排列，桌面蓋有乾淨的白色桌巾，以及預先準備好的刀叉餐具。

已經有幾桌客人在用餐了，彼此相鄰一段距離，在一定程度上可以互相不干擾。

小拼迅速入座，拿起菜單瞄了一眼就放下。「反正我每次都點一樣的，看不看都沒有差別。一份羊肋排特餐，飲料要橙香拿鐵！」

「這麼晚還喝咖啡？會影響睡眠。」大廚提醒，拉開椅子坐下，並沒有碰菜單。

「我要熬夜趕工，今天晚上要先組櫃子再組模型……可惡，忘記櫃子還沒送到，那算了吧，專心組模型拍片。」

小拼的手指摳著眼角，黑眼圈與鮮豔的髮色成為強烈對比，還讓黑眼圈顯得更黑更深。

「佩服你這麼有活力，咖啡真是迷人又阻礙睡眠的東西。」飽受歲月摧殘的大廚感慨。

寧夏跟東頤一起研究菜單。除了排餐，另外還有一些單點的餐點，以及飲料與甜點。

「寧夏姐姐你想吃什麼？」

「我還好，沒有特別餓。一份希臘沙拉跟焗洋蔥濃湯就好。」

「這樣啊，我想大吃一頓，就先不客氣了。」東頤點餐：「我要炸魚柳跟炸薯條，再一份總匯三明治。還有可樂！」

服務生依序在點餐單上抄寫。

最後輪到大廚：「請給我一份牛排特餐，三分熟。替我跟主廚說一聲，請他用我寄放在這裡的東西做特調醬汁。」

寄放在這裡的東西？寧夏懷疑地看向大廚，後者還以溫和的笑容，帶有幾分肯定的意味，似乎在暗示她猜的沒錯。

服務生記下吩咐，點點頭，複誦所有餐點，確定無誤後就離開了。

「大廚你寄放了什麼？」小拼傻問。

東頤插嘴：「應該是肉醬吧？」

大廚沒否認。「我跟這裡的主廚有點交情，因為在研究料理這方面具備同樣的熱情。不是我自誇，我親手製作的肉醬評價很高。」

「大廚大叔啊，就算你這樣說，我跟寧夏姐姐還是不會試吃的。有些事勉強不來。」

「如果哪天反悔了，我的冷凍庫裡隨時備著，不用客氣。」

「我不會下廚，只會弄泡麵，不然真想吃吃看。」小拼說。

「太可惜了，雖然我的肉醬可以跟很多菜色做搭配，但是跟泡麵放在一起有點糟蹋了。那些肉醬值得更好的歸宿。」

「比如……牛排嗎？」寧夏試探地問。

大廚的笑容更深了。「像雪一樣剔透聰明的淑女。」

寧夏決定了，等會兒絕對不要看大廚盤子裡的東西。

餐點陸續上桌，擺盤比寧夏想像的還要精緻，並且香味誘人。本來不太餓的她在吃了幾口沙拉後，小聲跟東頤討了些薯條。

剛炸好的薯條冒著熱氣，表面酥脆內裡鬆軟，不必另外沾番茄醬，只灑了鹽便十分美味，讓寧夏驚訝不已。

眼尖的小拼看到之後，把一塊羊肋排放到寧夏的沙拉碗裡。「這間店真的很棒吧！你一定要試試羊肋排。」

大廚本來也要分些牛排讓寧夏嚐嚐，但是寧夏立即喊停：「請住手，那個醬汁是人肉做的對吧！我真的無法嘗試。」

大廚惋惜地放下牛排，用叉子撥弄上頭的特製醬汁。有一種在角落畫圈圈玩沙的淒涼感。

「不然我試試看好了？好像很香。」小拼主動接過，把沾滿醬汁的牛肉放進嘴裡，仔細咀嚼。「這味道好濃郁，口感好細密喔。」

「當然，這是我驕傲的肉醬。」

一個穿白色廚師服的中年男人離開廚房，摘下頭上的廚師帽，往寧夏這桌走來。他的身上沾滿煎牛排與油煙的氣味，廚師服藏不住鼓起的圓肚。

這個廚師服男人的臉頰有點鬆弛，眼睛圓圓小小的，讓人想到哈巴狗。

但他可不像哈巴狗那般個性溫和，在這間店裡，他是脾氣火爆的主廚兼老闆；在殺人魔的圈子裡，他則擁有「飽飯」這個綽號。

飽飯熱情問候：「如何？今天的餐點一樣美味得沒辦法挑剔吧？」

大廚稱讚：「只用美味還沒辦法形容這道牛排有多好吃。尤其是醬汁，真是太美妙了，可以說是至高無上的傑作。當這些醬汁在口中緩緩化開時，我能清晰地想起那些肉醬生前的呼吸與血液的流動。」

「還有尖叫對嗎？」飽飯問，與大廚兩人會心一笑。

「你提供上好的肉醬幫助我完成這道傑作。自從你常常送我肉醬之後，我就省去把羊崽剁爛的功夫了。你也知道，處理活人的步驟很麻煩，有時候我偷懶沒把血放光，直接剁。結果羊崽失禁亂叫，尿淋到肉上都不能用了。浪費。」飽飯說話時，來回捲動手裡的廚師帽，是一種下意識的習慣。

「要完成美味的肉醬，絕對不能急，要有耐心。」大廚說。

「您都是用剁的方式去處理嗎？」好奇寶寶寧夏提問。

「對，用剁的。活生生地剁下去，這樣才新鮮。不要看我現在是廚師，其實家裡是開肉攤的，我從小就幫忙了。用剁的可以讓我回味童年無憂無慮的時光。」飽飯粗肥的手掌虛握幾下，彷彿拿著屠刀。「把厚重的刀鋒砍進肉裡、剁斷骨頭，然後在木頭砧板敲出聲音……這就是我的童年。」

「聽起來真是愉快。」大廚贊同地說。

「可是感覺好吵。」小拼小聲發表意見，盡量不被聽見。

飽飯攤開滿布皺痕的廚師帽，突然提問：「你們知道處理牲畜跟處理羊崽的差別在哪嗎？」

小拼舉手搶答：「我知道！羊崽比較吵，還會哭鬧！」

「錯了，」這名殺人魔廚師笑得猙獰，眼裡有幾分冷血病態的凶光，「牲畜跟羊崽沒有差別，都可以被剁成碎肉。」

飽飯說完哈哈大笑：「甜點等等上桌，我繼續忙了！」

寧夏眨眨眼，在思考飽飯說的話，為什麼差別不大？牲畜是牲畜……羊崽，不，應該說是人。她跟這些住戶共處久了，竟然也習慣用羊崽來稱呼了。

「寧夏你感到很衝擊嗎？」大廚關心地問：「飽飯不是要嚇人，我也認同他說的。不管是牲畜還是羊崽，在屠刀面前，或是上了桌都一樣。這是少數的公平。」

「可是牛跟豬比人可愛多了。」小拼插嘴。

「人類殺害其他動物，殺人魔殺害人類。生物之間的殺戮很正常，符合大自然的循環。」

大廚說：「不是常有人調侃，人類是最會自相殘殺的物種嗎？殺人魔不過是將這項特色發揮到極致罷了。就連殺人魔之中，也有以專殺殺人魔為樂的。很有趣吧？」

「你們為什麼會想傷害人呢？還把人當羊崽看待？」寧夏問。

「本能。無法違逆的本能。」大廚說得直截了當。「鳥會飛翔、魚懂游泳，掠食動物需要狩獵……奪取同類的性命則是我們的本能。」

「就算是殺人魔，但也是人類啊，不是每個人類都會想傷害別人吧？」寧夏不明白。

大廚反問：「這很奇怪嗎？你想想，人是有各種類型與傾向的，比如說有喜歡吃辣的人，但是也有討厭或不能吃辣的；有夜貓子，相對的也有晨型人；有乖巧遵從規矩的，那麼一定有以破壞規矩為樂的人。」

「你的意思是……」寧夏似乎明白了什麼。

「寧夏，你在羊崽的群體成長，學到的都是羊崽的規矩。但是多數人以為的正常，就是真正的正常嗎？這不過是多數決罷了。試著跳出來看看吧，你會發現那些規範與教條沒有太大的道理。」大廚補了一句：「至少說服不了我們。素食鬼你同意吧？」

東頤聳肩。「我也不吃大部分殺人魔的那一套教條。」

「你有自己的信念。」大廚微笑。

又是插嘴的小拼：「都像校規一樣無聊啊，只有學生要遵守，畢業後就不管這些狗屁東西囉。我們不是羊崽，當然也不管羊崽那一套。」

「是的，就是如此。」大廚叉起一塊花椰菜，仔細沾過特製醬汁後放進口裡，閉眼咀嚼，滿意地享受肉醬的人肉香氣。

寧夏沒有回應，這些話都跟餐點一樣，需要時間好好消化。

×××××

吃完主食之後，服務生上來收拾盤子並簡單整理過桌面，接著替他們上了甜點。

肚子裝滿食物的寧夏一夥人不急著離開，在享受甜點與餐後的悠閒，拿小湯匙挖著佐以薄荷葉裝飾的冰淇淋。

「我最近弄到很有趣的東西，是圈子裡流傳的趣味測驗。主題是測驗自己屬於什麼樣類型的殺人魔。」大廚說。

「這種東西需要測驗嗎？」東頤提出疑問：「我們不是都很清楚自己是什麼樣的風格？」

「只是有趣罷了，怎麼樣？要玩玩看嗎？我把測驗連結分享給你們，或是直接搜尋這個網址……」大廚遞出手機，秀出測驗的網址。

沒人反對，於是進入作答時間。

寧夏捧著手機，點開測驗網頁，題目皆為是非題。

測驗你是哪種類型的殺人魔：

一、喜歡迅速宰殺羊崽

二、策劃綁架羊崽讓你興奮

三、習慣用強硬的暴力手段逼迫羊崽就範

四、你將切割下來的殘肢與器官視為戰利品

五、熱衷欣賞羊崽的失血過程

六、喜愛使用鈍器勝過利刃

七、鐵鍊是你必備的工具

八、漫長的凌虐令你享受

九、鐵籠與囚具常勾起你的興趣

十、為羊崽製作項圈是你的日常消遣

十一、你總是有效利用羊崽的屍體

十二、喜歡聽羊崽哭喊勝過讓牠無法出聲

十三、你認為被綁架的羊崽專屬於你

寧夏本來以為作答會很花時間，但是經過連日相處，可能被這些「友善的住戶」影響了，加上日漸滿溢的好奇心，她毫不困難地將自己代入殺人魔的角色。

寧夏想像鬼山勒抱羊崽至肋骨斷裂，口鼻湧出鮮血，最後窒息而死的畫面；她還想像大廚將羊崽切成血肉模糊的碎塊，放進鍋裡熬煮成肉醬的情景；沒有遺漏小拼將羊崽的屍塊組裝成形……

她還想到東頤，想像他手持的利刃切開羊崽蒼白的皮肉，讓鮮血湧流……

寧夏自問——我會是什麼樣子的殺人魔？

寧夏的內心湧起一股自然的流向，像順暢不受阻的溪流，在指引她作答。

回答完畢，寧夏按下檢視測驗結果的按鈕。

你是囚禁型殺人魔。

比起殺害羊崽，你更加享受囚禁與飼養的過程。

你喜歡欣賞羊崽無處可逃、被你掌握、困在你建立的籠牢之中的模樣。

這使你歡愉。

寧夏呆看測驗結果，原來她會是這樣子的殺人魔。

「我是暴力型殺人魔？喜歡用簡單暴力的方式對待羊崽，怎麼會？第四題我明明選同意耶！沒有加分到嗎？」小拼不甘心地瞪著測驗說明。「沒有收藏型或是拼貼型的嗎？我以為我下手很溫柔耶……寧夏，你的測驗結果是什麼？」

東頤也湊過來看。「囚禁型殺人魔？還以為寧夏姐姐你會是暴力型的，因為你不是在跟那個肌肉鬼山學習嗎？他絕對是暴力型的。」

「我也以為會比較像鬼山老師，結果是囚禁？真的嗎？」寧夏臉頰發燙。

「真是有趣，也許寧夏有我們都不知道的天分。」大廚提出邀請：「怎麼樣？寧夏，要不要考慮過來我們『這一邊』？我跟東頤都可以教你，省去前期不必要的犯錯。當然了，所有的風格、甚至是儀式感一般的習慣都要你自己去摸索。」

「大廚先生你的意思是，要我也當殺人魔？」

有那麼一瞬間，寧夏以為聽錯了。

「不行、絕對不行！」東頤立刻反駁：「寧夏姐姐是我的羊崽！她如果來到我們『這一邊』，我跟她的約定就不算數了。我又不是同類獵殺者。」

東頤激動中藏著失落，像擔心寶貝的玩具要被搶走的孩子。小拼被他突來的反應嚇到，乖巧不插話，默默挖著冰淇淋吃。

「素食鬼你不要誤會，這只是單純的提議。人始終有無限的可能性，即使是羊崽也是如此。」大廚說明。

東頤嚴厲聲明，像隻護食的兇狼。「我不會讓任何人破壞我跟寧夏姐姐的約定，除非她反悔。只有她能做決定。」

這是第一次，眾人看見素食鬼如此激動，與平常從容笑嘻嘻的模樣完全不同。

現場落入沉默，只有小拼用湯匙挖冰淇淋的細碎聲響。

寧夏深呼吸，發現現場安靜得可以聽到自己的呼吸聲。

她仔細在腦中選擇用語，然後平靜地開口：「我跟東頤先約好了。」

寧夏說完，掌心偷偷覆在東頤桌子底下的手掌上。那些微涼的指尖已經是讓她那麼熟悉的存在了。

——現在的她捨不得讓東頤失望。

第十二章　裂痕悄悄滋生

「我去運動囉。」

寧夏經過客廳，是黑色短袖棉質上衣以及運動長褲的打扮。黑髮在腦後紮成方便的馬尾。一身黑的她因此更襯出臉頰的蒼白，以及雙臂的纖瘦白皙。

坐在沙發放空的東頤回神，視線跟了上來，舉起手稍微揮了揮做道別。跟他一起坐在沙發上的，還有從家具賣場帶回來的鯊魚娃娃。

東頤抓起鯊魚娃娃的魚鰭，假裝鯊魚娃娃也在跟寧夏說再見。寧夏看了微笑，也揮揮手。門開了又關。寧夏離開後，屋子靜了下來。

東頤視線停留在閉緊的門，然後慢慢上移，整個人靠倒在沙發，看著空白的天花板。

雖然屋裡多了家具，也如東頤所希望的調整成溫馨風格，但有些部分仍然維持原貌，動不了，比如天花板。

有些東西變不了，但是東頤覺得寧夏不一樣了。

比起最初的悲觀厭世，現在寧夏越來越常笑了。剛才經過客廳的她嘴角微微上揚，眼尖的素食鬼看得仔細。

搭配固定運動，寧夏清爽有精神，以前是衣架子的纖瘦，現在體態越來越健康。

加上在社區認識新朋友，不管是喜歡組模型又聒噪的小拼、團購成癮兼社區八卦筒的剁手、看似斯文敗類的大廚，甚至是健身房管理員鬼山……

本來應該慘死在社區的羊崽，竟然與殺人魔們成為好友。

這樣的發展在殺人魔圈子中前所未聞，哪怕是習慣豢養羊崽的殺人魔，長期相處下來也未曾與羊崽成為朋友，頂多是主奴關係。那絕對與友好扯不上關係。

東頤重重吐氣，宣洩心中煩悶。

還沒完、這還沒完。

寧夏除了在社區內活動，還開始往外跑。她會跟小拼到「看見羊」吃簡單的下午茶，說是女性之間的祕密聚會，或是去鄰近賣場閒晃。

許多平凡普通的事情，寧夏都會好奇看待，或許以前被家裡保護得太好，導致失去很多體驗的機會。現在的她似乎打定主意，要把以前錯過的一次補齊。

是誰喚醒她的？東頤不願往下想，根本是他一手造成的。自作孽。

可是任誰看到起初的寧夏，都會希望她快樂一點吧。那種厭世消極的氣質，連殺人魔都看不下去了。

現在的寧夏好像很開心，甚至可以說是太開心了。

某種程度上，東頤既是成功的，同時也是失敗的。

「寧夏姐姐笑起來真好看。」東頤往懷裡抓進鯊魚娃娃，用雙臂抱住。

那雙清澈的眼睛現在如霧混濁，木然睜大，心中另有糾結的難題。

——寧夏會不會不想死了？

素食鬼抱著娃娃的手臂突然收緊，懷裡的娃娃被擠壓變形。

「怎麼可以這樣？不會反悔吧？」東頤懊惱地喊。

受限於給自己下的制約，素食鬼只殺想死的人，反之無法下手。

於是他成了殺人魔圈子中的奇特存在，儘管這些非善類的傢伙不乏特立獨行、不容於世間之人，但是素食鬼演繹出另一種極端。

有的殺人魔對他充滿敬意，有的則是好奇與更多的看戲心態。當然少不了詆毀、視他為殺人魔的恥辱。

東頤早早厭倦那些評價。

這些都沒有使他動搖，否則寧夏不會至今仍平安無事，甚至還擁有上健身房的興致。死人可做不了這些活動。

約定啊，全都是約定啊。

東頤閉上眼，他終於是累了。身體緩緩下滑，更加陷入沙發。
在落入黑暗的思緒之中，東頤的記憶回到很久以前——那扇敲不開的門偷偷打開了。
就像童話故事的開場，都是從很久以前開始的。
只是名為素食鬼的少年並不擁有童話般的際遇。

×××××

那是悶熱的午後，狹小的單間屋裡一片昏黑，窗面是陰鬱暗沉的灰。
外頭不時有雷聲響起，伴隨颳來的大風，震得玻璃窗面不停作響。
那時候的東頤年紀更輕，稚嫩的他有一張圓臉，與圓圓的大眼睛。眼神與現在是同樣的清澈，足以倒映面前人的臉孔。
那是一張老舊的床，枕套泛黃的枕頭散在一旁，潮濕的被子凌亂掀開，散發陣陣霉味。
蜷縮在床的老人渾身乾癟，粗糙的褐色皮膚布滿皺紋，還有大大小小蟲蛀似的老人斑。
老人散發年邁腐敗的臭味，張開缺了牙的嘴，便洩出乳製品腐敗似的口臭。
口臭與哀號在屋裡蔓延，隨後被震動窗戶的悶重雷聲掩蓋。
「阿公、阿公受不了了……」老人在叫，從黑洞似的嘴裡，發出顫抖難聽的哀鳴。

小東頤站在床前，看著被病痛折磨、日夜不斷受苦的老人。

小東頤沒有表情，不見憐憫與哀傷。他單純地執行「看著」的這個動作，如此純粹。實在太淡定了，好像世間的一切痛苦皆無法牽動他的情感。

「啊、啊……」老人叫著，一股溼熱的腥臭從被褥中發散。失禁了。

「東頤、幫幫阿公、東頤……」老人伸出雞爪似乾瘦的手，手背布滿針孔，是長期反覆注射點滴留下的。

「阿公好痛……」

東頤睜大眼睛，任憑老人沾染尿臭的手掌抓上自己的臉，又抓又捏，好像落水的人掙扎抓著浮木。

轟隆。雷聲再響。淒厲的雷光閃得屋裡一陣白。小東頤的眼睛眨也沒眨。有那麼一瞬間，小東頤的心跳與雷聲重疊，響得好大聲。

老人扭曲的臉爬滿混濁的淚水，擠出無數紋路的眼眶周邊沾滿分泌物。口臭、尿騷味、悶久的汗……哀號。哭叫。雷聲。

「東頤、東頤啊！」在不知道何時會結束的病痛之中，飽受蹂躪的老人不停地哀求。「救救阿公……」

小東頤沒有表情的童稚臉蛋轉了方向，看往一旁小桌上整籃的紅色蘋果。

——籃子旁擱著一把水果刀。

小東頤的注意力停留在水果刀好久，期間老人仍在哭號。「不要、不要這樣……活那麼久都在受苦，不值得……」

這樣的叫喊驅使小東頤走向小桌。

小東頤伸手拿取水果刀，抽掉黑色的塑膠刀套，露出銀亮光滑的刀身。

刀尖的光刺進小東頤清澈的眼裡，他眨也沒眨。

「東頤……」老人虛弱嘶啞的聲音傳來。

小東頤雙手握住水果刀，牢牢握緊。

他轉過身，面朝受難的老人。

這是素食鬼的起點。

××××

雷聲響起。

人在神祕社區的東頤聽見玻璃窗面的震晃聲。他放開鯊魚娃娃，從沙發起身，來到窗邊。

是跟那天一樣又灰又厚的可怕雲層，積累的雨量恐怕可以讓道路淹成湖，落雷說不定能讓整座城市化成焦炭，又或是炸出焰火。

東頤雙手探向身後，抽出兩把小刀。這是多年來慣用的工具，比血親更加親密。

當初那把水果刀只用過一次。

唯一的一次。

從此永遠停留在老人家左胸的位置，終結所有病痛的折磨。

東頤也希望終結寧夏的痛苦，無論折磨她的是什麼。

轟隆。一道白色的、撕裂天空的巨大閃電在社區不遠處炸落。驚人的電光照亮社區，所有的一切都如同見光死般無從隱藏。

連那一聲鬱悶的嘆息都跟著曝光。

×××××

「是不是要下雨了？」

踏出商店的寧夏正好撞見那一道驚人的白色巨雷，被大自然的壯闊景象驚到。

運動完的她踏出社區，習慣性地來到附近的商店，當是緩和身體的散步，順便暢飲運動飲料，補充流失的水分與電解質。

出汗後的她氣質更加輕盈，配合姣好的臉蛋與難以挑剔的身材，簡直像是在拍運動飲料廣告的模特兒。

看見天候起了劇烈變化，寧夏決定立刻返回社區，免得被暴雨淋得一身濕。

她一邊走，一邊伸手抹汗，撥開黏在臉上的幾縷頭髮，這畫面好看得像是有人在拍攝。

不過寧夏既非明星，也沒有被攝影機鏡頭對準。只是在返回社區的路上，她莫名察覺有些不對勁。

下意識回頭的寧夏什麼都沒看見，身後空無一人。

寧夏也說不上來，毫無明確根據，全是基於以前因為優秀外貌屢屢被路人注目的經驗，讓她直覺斷定正在被人看著。

是那種令人不快、躲在暗處恣意打量的視線。

這不是第一次了。近期的幾次出門，她常遇上這種事。

寧夏不知道那人是誰，又是躲在哪？會是社區住戶嗎？

帶著戒心與不安，寧夏迅速返回社區。

第十三章　最差勁的發展

寧夏是在中午的時候接到電話。

那時的她正在與東頤一起用餐。

今天的午餐叫了外送，是東頤提議的捲餅，包著生菜跟烤雞肉，還有新鮮的切片番茄。醬料各有不同，東頤偏好清爽的口味，寧夏則是選擇特辣的醬汁，在菜單上標記的辣度是最辣的五條辣椒圖案。

「寧夏姐姐意外地會吃辣啊。」東頤嚐了一口寧夏的捲餅，嚇得他立即灌水。

「會嗎？我覺得還可以更辣。」寧夏輕鬆自在，一口接一口，嘴角沾著紅色辣醬。

「啊，你吃得滿嘴都是。」東頤抽了衛生紙遞給她。

電話就是這時候來的。寧夏放在餐桌上的手機震動，發出嗡嗡聲。

寧夏放下捲餅，一邊伸手接過衛生紙擦嘴，一邊看了手機螢幕顯示的來電者。

這一看，她眼睛睜圓幾分。「小動？怎麼會？」

寧夏接起電話，親暱地「喂」了一聲。東頤眉頭微皺，這明顯是面對熟人，而且是非常熟悉親近的人才會有的語調。

東頤從沒見過寧夏對誰有這樣的反應。相處這麼多天了，也從未發現寧夏接過電話。這還真是頭一遭。

素食鬼無法不開始猜測，對方是什麼樣的人，以及這次通話的目的。

「你要來找我？」寧夏的驚呼打斷東頤的猜測。「現在？你快到社區了？太突然了，我完全沒有準備。就算你說只是要看看，但我還是……好吧，我知道了。」

寧夏放下手機，顧不得還剩幾口的捲餅，一股腦用原來包裝的鋁箔紙胡亂包好。

「東頤。」寧夏困窘地拜託他：「要麻煩你暫時躲起來。」

「躲起來？為什麼？我又不是賊。」

寧夏雙手合十拜託：「只要今天就好，因為太突然了……我的一個朋友來拜訪。我不想讓你被他發現。」

「原來我是不值得介紹的人嗎？」東頤故意裝得委屈，好像被雨淋得一身濕的狗兒。

在這樣的偽裝之下，他刻意留心寧夏臉部表情的所有變化。

「不是！絕對不是這樣！」寧夏瘋狂否認：「我跟你畢竟是因為、是因為……」

寧夏的聲音越來越小，本來看著東頤的視線也轉移到桌面，頭慢慢垂下，盡是困窘。

「是男的嗎？」

寧夏瞬間抬起頭，跟發現來電者是誰一樣驚訝。「咦？你怎麼會知道？」

「要我躲起來可以呀，我會不發出任何聲音，假裝自己不存在，這樣寧夏姐姐你比較方便對吧？」東頤露出體諒的微笑：「會不會一開始沒有我，你會更自在呢？」

「怎麼這樣說？我沒有那個意思！」寧夏連連搖頭。

寧夏實在不想提起那段黑歷史，每天都在盡力避免回想，可是東頤這樣的反應，讓她無從招架，只能坦白。

「因、因為我是喝醉，然後對你……」寧夏臉頰發燙，無法再繼續描述。「我不想對人交待這種事情。但是他看到你在這裡，跟我住在一起，一定會問你的來歷。」

「可以另外編一段故事。說我是你的朋友或親人什麼的，在這暫時借住幾天。」

「如果可以這麼簡單矇混過去的話，我也想啊！我很擔心你會被發現是殺人魔。還有大廚先生跟鬼山老師、小拼……我會不會連累大家？」

寧夏雙手捂著臉，從指縫間傳出她懊惱的嘆息。在最初接起電話的驚訝之後，她現在變得相當沮喪。

「沒有這麼容易被發現，不管是大廚大叔還是恐怖的肌肉鬼山，都不是會到處招搖，怕沒人知道自己是殺人魔的笨蛋。他們偽裝得很好。」

東頤略掉小拼沒提，默默認定這個「拼拼圖」有一天會不小心說溜嘴。

「我怕小動會為了確保我的安全，調查社區住戶。」

「調查？寧夏姐姐，你說的那個小動，到底是誰？」

「小動……是從小跟我一起長大的好朋友，我們兩家關係很好。他從小很勇敢，也很有正義感，後來不顧家族反對，去當了警察。」

東頤聽到是警察，倒也不驚慌。「我明白你的顧慮。可是啊，不必為我，還有社區的其他人擔心。警察說起來也不過是人罷了，說不定在一些住戶眼中，會是等同於羊崽般的存在。」

面對寧夏持續的惴惴不安，東頤還以爽朗的笑容：「真的不必擔心。我們是殺人魔啊。」

「東頤……」寧夏緩緩伸出手，看起來受了感動要輕撫東頤的頭。在如此溫馨的最後關頭，她突然握拳，在東頤頭上敲了一下。

「好痛！」

「殺人魔就不會讓人擔心嗎！在說什麼啊，就是怕你們被發現是殺人魔，我才會那麼緊張。」寧夏沒好氣地說：「我要先準備了。」

「你的捲餅怎麼辦？」

「緊張得吃不下了，你幫我吃掉吧。」

「那是擁有五條辣椒標示的最辣口味耶……辣椒在某些飲食習慣不算是素的喔，我是素食鬼所以不吃。」

東頤說起無聊的玩笑，結果連自己都嫌無趣，乾脆不再說話，專心啃起捲餅。

至於寧夏則匆匆溜進房間。東頤聽到衣櫃門打開，以及衣物摩擦的沙沙聲。

「青梅竹馬加上警察，真是糟糕的組合。」

東頤放下捲餅，用原來的鋁箔紙包好，扔進塑膠袋。

××××

換好衣服的寧夏出了房間，是那套被東頤稱讚的黑色外出服。她仔細地拉順袖子、調整襯衫領口，還不時拉拉下襬。

待在餐桌的東頤目送她出門。

「東頤，對不起喔……」在關上門前，寧夏回頭，小聲地說。

「放心吧，我會躲好。」

東頤以一副無所謂的口氣說。

××××

寧夏趕往社區的入口大廳，一眼就看見從小一起長大的青梅竹馬易敬勳。

實在太顯眼了，易敬勳只是往那裡一站，平凡的社區看起來突然像是偶像劇的拍攝場景。

易敬勳身材高挺，穿著一身黑西裝，此時脫掉的西裝外套拿在手上，白色襯衫被結實的肌肉撐起，袖子清楚浮現手臂的輪廓。

這時候的易敬勳背對寧夏，背影看起來有幾分韓劇男總裁的感覺。

可是當易敬勳回頭，展現出來的是剛毅正直又好看的臉，沒有一點霸道跋扈。他的五官立體，鼻樑高挺，濃黑的眉毛下是一雙明亮有神的眼睛。

「看看這是誰來了？逃家的小朋友。」易敬勳咧嘴燦笑，牙齒是無可挑剔的潔白。

「小朋友？」寧夏手指著自己。「我哪是小朋友。我們明明同年。」

「對不起，是無聊的玩笑。」易敬勳誠懇道歉。「伯父伯母很擔心你。你一個人搬出來沒先通知，他們嚇壞了。所以讓我過來看看。是什麼讓你做這個決定？」

決定？寧夏想了想，意會過來。

當初她決定搬出來，就是為了找個地方自我了斷，所以刻意選了這個偏僻而且提供短期租屋的社區，沒想到開啟一段與殺人魔邂逅的奇幻旅程。

這些都是寧夏不能讓易敬勳以及雙親知道的事情，透漏給前者會對社區住戶，尤其是東頤還有大廚等人帶來麻煩。讓父母知道的話，寧夏恐怕要被強迫帶回家，接受監視避免她真的自我了斷。

基於以上原因，寧夏一定得找理由搪塞：「就是想一個人住試試看。」

「我好像可以明白，」易敬勳露出苦澀的微笑。「這是你爭取的自由。一切都還好嗎？這裡很清幽，可是女孩子一個人住要小心，出入都要注意。」

易敬勳的提醒，讓寧夏想到在社區外遇到的詭異視線，她沒有提起，怕易敬勳會特別留意，搞不好為了顧及她的安全，頻繁來到社區。

說不定哪天就發現不該發現的，比如禮拜四清運日被帶出去的「那些東西」。

寧夏岔開話題：「你呢，警察生活怎麼樣？今天是休假還是路過？」

「休假。好不容易正常休假了。不招待為民服務的辛苦警察喝杯茶嗎？」

寧夏猶豫，認為不讓易敬勳進到租屋是更好的選擇。

一開始她只想讓東頤躲起來，沒打算要東頤離開租屋，因為那像是要趕他走。儘管只是暫時的，但寧夏做不到，太傷人了。

「我的租屋很亂，來不及打掃。或許下次吧？附近有個餐廳滿不錯的，我們去坐坐？」

「其實有些事想跟你談，不太希望被人聽見。如果能到比較隱蔽的地方，我會很感激。」

「你怎麼了？是不是被上司刁難？伯父伯母應該連警察都可以擺平吧？」

「我的上司跟同事都非常好，跟他們共事很開心。不太方便在這邊說，我不會待太久。」

易敬動看起來非常沮喪。「我保證。」

寧夏忍不住同情。

「好吧，往這邊，跟我來。」

×××××

寧夏帶著易敬動回到租屋。握住門把時，她忐忑地猜想，不知道東頤躲起來了沒有？

寧夏偷偷做了深呼吸，然後心一橫打開門。

東頤不只不見了，連放在玄關的鞋子都藏了起來。屋裡乍看是寧夏獨自居住的樣貌。

「布置得好溫馨。」易敬動讚嘆，隨著寧夏入屋。在沙發坐下後，他捧起鯊魚娃娃。「這個好像討論度很高，是很受歡迎的東西嗎？」

「是啊，我也是別人推薦才發現。看久了真的滿可愛的。」雖然寧夏當初被小拼強迫推銷有點困擾，但現在承認這真是可愛的好東西。

寧夏沒在沙發坐下，而是先走向冰箱。為了瞞住易敬動，不斷說謊斟酌的她感到口渴。

「小動你都是喝茶對不對？無糖的。」

「其實我更喜歡喝果汁，或是任何含糖飲料。越甜越好。」易敬動像個調皮的大男孩吐吐舌頭。「原來連你也騙過去了。我喝無糖茶只是為了給我規矩很多的父親母親看。你還記得嗎？我腸胃不好，所以他們對我的飲食控管很嚴格。」

「我還以為我家規矩夠多了，伯父伯母對你也好嚴苛。」寧夏拎了兩個罐裝可樂回到沙發，在易敬勳旁邊坐下，把其中一罐可樂推給他。

「你知道我爸媽就是那種樣子。」易敬勳拿起冰透的可樂貼在臉頰旁邊，既陶醉又開心。「好冰，太好了。」

「你好像終於偷吃到糖的小孩子喔，太幼稚了吧。」

「因為小時候想喝都喝不到。寧夏你家裡的規矩也很多，我沒記錯的話，是不能吃蛋糕對吧？還安排很多課程。」

「還好我是年紀最小的，爸媽管我不像管教其他哥哥姊姊那麼嚴厲。可是還是好煩喔，每天的行程都被安排好了。今天要做這個，明天是那個，後天也有……實在不想回憶那段日子。」

「我也不想。」

兩個人捧著冰可樂，冒出水珠的鋁罐讓掌心一陣發涼。

「你都還好嗎？」易敬勳突然問。

「都還好啊，怎麼這樣問？」

「我是指……在那件事之後。」易敬勳嚴肅地說：「你還選擇獨自搬出來，真的是超出所有人的想像。該說你很勇敢嗎？還是想要自己靜一靜？女生遇到那種事真的很糟糕。同樣身為男性，我很抱歉，同性之中就是有這種噁心的人存在。」

易敬勳這一提，寧夏無法不回想起那件事。同樣發生在酒吧，但與東頤無關，是早在那之前便發生的事，也是促成她尋覓租屋獨自居住的原因之一。

「小勳你不用道歉，跟你沒關係。」

「以後往酒吧跑要小心點，不要再落單了。寧夏，你不要自責，你是出於情急的狀態下要自我防衛。」

寧夏黯然點頭。「這些人都應該被關起來，當展示品讓人看看有多丟臉。」

「說到關起來，你記不記得小時候我曾經被你關起來？」

「欸？什麼？」

「我家以前不是有養狗嗎？那天你來我家玩，我爸出去遛狗所以籠子空了。你說要跟我玩個遊戲，然後把我推進狗籠，還把籠子門關起來。」

「咦咦咦咦？有、有嗎？」

「身為受害者的我記得很清楚，你在籠子外看著我笑，笑得好開心。坦白說那時候我真是嚇壞了，沒想到平常文靜憂鬱的你，會有這樣的一面。真是太恐怖了。」

「什麼啊……小勳，我後悔招待你了，好多黑歷史都被你揭開了。好不容易才假裝忘記的。」

「原來你都記得啊。」易敬勳取笑：「還敢裝傻！」

「誰會想回憶那些事情啊！很丟臉。」寧夏想起之前做的殺人魔測驗，她的測驗結果正好是囚禁型殺人魔，於是更加困窘。

寧夏的臉紅讓易敬勳莞爾。「你跟以前看起來不一樣了，變得很開朗。」

「有嗎？」

「有。」易敬勳認真地肯定。「你像是不同的人了。」

這樣啊……寧夏摸摸臉頰，其實她沒發現這件事。

「居然還開始組模型？」易敬勳發現放在櫃子上的鋼彈。經過寧夏連日鑽研，終於把這隻擁有天使翅膀的鋼彈組裝完畢，開心地擺出來展示。

「那是鄰居推薦的興趣，我發現很有趣！整個人會靜下來，專心完成一件事情的感覺好好，很平靜。」

寧夏開始分享在這個社區接觸的新興趣，除了組模型，還有固定上健身房找鬼山老師訓練。她刻意隱瞞鬼山老師的稱號、誇張的身材，以及能夠徒手抱昏人的恐怖怪力，只用健身教練這個名詞替代。

雖然如此，易敬勳還是相當吃驚。

「不可思議……」易敬勳不斷撫著下巴。「你以前很討厭運動，該怎麼說，你給人的印象是很文靜，都是靜靜坐著。記得有次找們一起被帶去上直排輪課嗎？你上完第一堂就消失了，再也沒來過。」

「可能是那時候還沒發現樂趣吧。」寧夏聳聳肩。「都是被安排的啊。」

「被安排的。」易敬勳苦笑。「還好我抗爭成功。」

「所以你現在變成了警察。」

「還好前面也有哥哥姊姊擋著。」易敬勳舉起可樂。「感謝他們。」

「感謝幫忙消耗父母耐心的哥哥姊姊。」寧夏跟著舉杯，並非幸災樂禍，而是由衷慶幸。她乾了一大口可樂，接著問：「你的警察工作還順利嗎？聽你說長官對你很器重？」

「算是我運氣不錯吧，長官看我順眼，同事也信賴我。」

「哪是運氣，你跟我不一樣，不管做什麼都很認真，是很可靠的人。」

「只是試著把每一件事情都做好。而且好不容易爭取到當警察了，絕對不能搞砸，還要做出漂亮的成績。這樣才能讓父親母親認同。」

「小勳你從小就很有正義感，警察這個工作真是太適合你了。再恭喜你。」寧夏又一次舉起可樂。

「小夏你一定也可以找到自己的路。」易敬勳同樣以可樂乾杯。「不要再把人關進籠子裡就好。」

這個祝福讓寧夏聽了尷尬，她正在走的這條路叫死路，是符合字面意義的真正死亡。

「我的話……順其自然吧，該說說到底是什麼讓你這麼煩惱了吧？」

「關於這個，其實是……」易敬勳頭突然往旁一撇。「屋裡有其他人嗎？」

這一問讓又喝了一口可樂的寧夏差點全部噴出來。她故意裝傻：「有、有嗎？」

「我好像聽到有什麼聲音？」易敬勳起身，警戒地看著與客廳相連的兩個房間，視線極為短暫地在寧夏的房間停留之後，就轉向另一間房。

是東頤的房間。

「那個房間是什麼用途？」易敬勳問，手下意識探向腰間，是職業病犯了想要取槍，但現在什麼都沒帶。

「空、是空著的……」寧夏趕緊說：「這裡不會有其他人，我們跟窗戶都有鎖好！」

「我很確定有聲音。」易敬勳又左右看了看，視線持續停留在東頤的那間空房。「寧夏，你手機拿著，先往門口移動，隨時準備報警。」

就在這時，門鎖轉動，慢慢打開。東頤出現在敞開的門後。

他舉起雙手，露出別有用意的微妙笑容。「不要報警，我不是小偷。寧夏，抱歉，我不小心發出聲音了。」

易敬勳詫異回頭。「原來是你認識的人，你早就知道他在這裡？」

寧夏被問得語塞，腦袋飛快運轉，思考該怎麼圓謊。

「原來你還交了男朋友，真的改變很大，整個人不一樣了。」易敬勳倒沒追究。「其實你可以直接說的。」

男朋友？不是、才不是！寧夏差點脫口否認，隨即想到又要說其他的謊，乾脆順勢假裝。

寧夏決定豁出去，反正更尷尬的事情她都幹過了！

「對不起。」寧夏道歉：「我是怕尷尬所以……」

「不用道歉，真的沒事。是我突然來找你，讓你來不及準備。我先不打擾好了。可樂很好喝。謝謝你。」

易敬勳直接往門口走，寧夏喚住他：「小勳！你剛才說有事想跟我聊，是什麼事？」

易敬勳回頭。「不、不，沒事了。有機會跟伯父伯母聯絡吧，他們很擔心你。」

「小勳……」

「我送他好了，順便解開誤會。」

東頤沒等寧夏拒絕，快步踏出門外，去追離開的易敬勳。

×××××

東頤在電梯前趕上，主動對易敬勳做自我介紹：「我是東頤。怎麼稱呼？」

「易敬勳。」警察納悶地問：「你這是？」

「寧夏很尷尬，所以我代替她送你到大門。」

易敬勳點點頭，便沒再說話，明顯在思考其他事情，注意力不在東頤身上。

電梯門開了，易敬勳經過提醒才回神，與東頤一前一後踏進電梯。

狹小的空間裡，兩人無話，視線亦無交集，只有樓層的數字規律遞減。

東頤沒有打算解開易敬勳對他與寧夏關係的誤會。

這只是微不足道的小謊言。就像東頤在房間故意發出聲音，都是經過設計的。

他卻不明白，這些刻意的動作是基於什麼原因。有一種不願正視的反感令他逼自己裝傻。

「寧夏是你的什麼人？」易敬勳突然問。

什麼人？東頤表面平靜，實際上腦海瞬間閃過數種回答。羊崽、約定好要殺死的對象、短期同居的室友……

最後他做出選擇，有了答案。

「很重要的人。」

「我明白了。」易敬勳說。

明白？明白了什麼？東頤沒追問。奇異的失落與憤怒仍在刺激著、煎熬著他。

從寧夏接起電話，那一聲親暱的「喂」就讓東頤開始發作。那些產生刻意舉動的意圖逐漸明朗，藏在醋意的迷霧之後。

東頤很不開心，面前這個叫易敬勳的男人真的讓他很不開心。這傢伙參與了寧夏的許多過去，知道以前的她。

易敬勳知道的寧夏，比東頤更完整。

素食鬼明白，羊崽見到親密的故人不是好事，甚至可以說是最差勁的發展。這可能會讓他選定的羊崽失去想死的意願。

怎麼可以？

現在易敬勳就在東頤斜前方。這樣的距離與僅有的視線死角，已經足夠東頤出手。

素食鬼的右手不著痕跡地探向身後，手指輕輕扣住小刀握柄。

只要他想，可以立即握住刀柄，在瞬間出手，將小刀捅進寧夏這名青梅竹馬的頸子，然後觀賞這名備受期待的警界明日之星驚慌地捂住脖子，卻絕望地發現阻止不了動脈的出血。

只要他想。

樓層的數字持續遞減，素食鬼出手的機會同樣減少。

殺？不殺？東頤稀罕地發現，握刀的掌心在冒汗。

他已經很久、很久沒有這樣了。

只要除掉眼前這個人，就能確保約定好的羊崽不被干擾。寧夏會遵守約定，東頤也能如願履行約定。

東頤甚至聽見自己的心跳，原來這麼激烈且混亂。不尋常，一切都傾向失控的那一端。

停下。

停下！

素食鬼用力握緊刀柄，指節泛白。

×××××

電梯門開了又關。

×××××

獨自一人的東頤覓了角落，虛弱地靠牆坐倒。

他無法自拔地嘆氣，很深很長的一口氣，飽含疲憊與煩躁，以及更巨大的失落。

小刀待在它習慣被藏起的位置，刀身仍然乾淨，一滴血都沒有沾染。

易敬勳平安離開，東頤成功送走他。

「這不像我……」東頤喃喃自語：「這不是我的信條，這只是無意義的濫殺，跟那些玩弄恐懼的殺人魔一樣。」

東頤腦海浮現關於儀式感、風格這類名詞。殺人魔意外地迷信，有成長的軌跡與不能脫離的目的地。

東頤還不想歪斜。

只殺想死的人，他默念，只殺想死的人。

無論任誰來看易敬勳，都會明白這是意志堅定、不會輕易動搖更遑論尋死的傢伙。

這不是素食鬼可以下手的目標。

可是東頤好希望這個驕傲自信、站得挺拔的傢伙從世界上消失。

啊，佔有，該死的佔有慾，素食鬼苦惱不已，早已將寧夏當成是他的所有物，而不全然是待宰的羊崽了。

被夕陽染成一片橘的社區樓房開始褪色，夜晚朦朧的昏黑覆蓋上來。

四周開始變冷，連同素食鬼的眼神。

第十四章 對束縛類道具有不同的感情

天色漸黑，在橘色的夕幕消隱後，窗面蒙上幽黑與淡紫交錯的朦朧色調。不知道從哪來的風讓窗片微微晃動。

在那樣的風裡，很多聲音都被吹散了。

沙發上的寧夏望著窗，眉頭因為憂慮而微微皺起。

突然來訪的青梅竹馬揭起往事，那些本來都被寧夏好好藏在心底，假裝忘記避免觸碰，免得攪起混亂的記憶底砂，喚醒一片汙濁。

絕對不是什麼愉快的感受，寧夏的眉頭更緊了。

東頤的反應也令寧夏在意，殺人魔少年仍然未歸，這促使她盼望地看向門口。屬於金屬門板的一切都是冰冷且靜止的，聲音失去蹤影，門把凍結似的沒有轉動。

寧夏看出東頤不太對勁，這讓她不斷猜想，是因為要求東頤躲起來而傷了他的自尊，或是他另有打算？比如阻止易敬動對這個社區起疑，又或者任何其他的可能性？

線索有限。寧夏驚覺對東頤的了解是如此地少，與之相比，內心的不安卻是壓倒性的多，令她腦袋一團慌亂。

寧夏想起東頤主動要送易敬動一程時，那種口氣與無法攔阻的態度，似乎打算要做什麼。她終於意識到，被叫做素食鬼的少年預計採取某種行動。

無論「某種行動」的實際內容是什麼，總之不會迎來溫馨歡快的走向，寧夏心中有股強烈的直覺如此認定。

「為什麼我現在才發現？太遲鈍了……」

寧夏跑出租屋，著急地搭乘電梯下樓。

抵達一樓，寧夏等不及電梯門完全敞開，立刻側身鑽出，奔向社區的主要出入口，卻沒見到東頤或易敬動的影子。

焦慮的汗水浸濕寧夏的領口。

她繼續奔跑，跑出社區，在外頭的路上來回張望，道路兩端的盡頭不見人車，只有遠方殘存的橘色餘暉，消融在逐漸厚重的夜色之中。

寧夏跑回社區。管理室的警衛抬起頭，無感情的瞳孔看著她來回奔跑。

後來寧夏發現頹坐在角落的東頤。

這又是她從未看過的東頤，有一種被耗盡的恐怖感，彷彿只剩皮囊在盡可能維持這個名為東頤的個體的存在，但是內裡的精神與靈魂遭到強烈的破壞，就好像反覆被車輪輾過，支離破碎，殘骸四濺，在胎痕輾下的痕跡中拉出一大道鮮紅的血跡。是這樣的東頤。這樣怪異又難受的東頤，讓寧夏看了都揪心。

寧夏來到他的面前，抱著膝蓋蹲下，凝視這個疲憊混亂的少年。

「你怎麼了？」寧夏不自主地放輕聲音，好像怕多了點音量都會對東頤造成傷害。

東頤擠出虛弱又蒼白的笑容：「繞了一大圈，差點迷路。」

「你要去哪呢？」

「至少不要是我不該去的地方。」

寧夏重新站了起來，東頤抬頭看她。這名少年殺人魔的雙瞳失去了光，像無底的黑色深潭。那裡什麼都沒有。

寧夏挨著東頤坐下，分享自己的體溫。

兩人看著空蕩蕩的社區大廳發呆。四周越來越黑，社區裡的燈接連亮起，白色的人造光線與夜影爭奪領地。

一隻飛蛾拍翅從漆黑的庭院飛了過來，安靜地停留在日光燈上。

「你在這裡待多久了？」寧夏問。

「說真的，」東頤嘶聲說，喉嚨乾乾的。「我不知道。」

寧夏還想說些什麼，但她與東頤幾乎是同時，將注意力轉移到路過的女人身上。

不，不是女人。

寧夏很快更正，那實際上是一個畫著濃妝的男人，肥厚的唇塗著口紅，上眼皮夾著又彎又長的假睫毛，還畫著眼影。明顯有些年紀，臉上雖然上了妝，但頸部的細紋與鬆弛的皮膚沒藏住，有稜有角的臉型也洩漏了真實性別。

這個男人有著相當妖豔的氣質，穿著紅底白點的洋裝，身高中等，體型偏圓偏肥，骨架讓他藏不住真實的性別。至於頭髮，不知道是真的抑或是假髮，捲度與光澤很不自然。

在寧夏的印象中，這種變裝打扮的人似乎被稱作男大姐？

如同寧夏與束頤發現了男大姐，對方同樣察覺到他們的存在。

男大姐在不遠處停下，驚訝地眨眨眼。

「這不是新搬來的住戶嗎？你就是傳聞中的羊崽，哎呀，怎麼可以長得這麼好看，真是讓人家好忌妒！這是素食鬼對吧？你們現在很有名呢，沒想到會跟你們成為鄰居。」

男大姐拐了彎，走向寧夏與束頤，熱情地問候：「你們這對小情侶看起來心情很糟糕，是吵架了嗎？放心吧、放心吧，適當的爭執是讓感情加溫的調味料唷，好好享受它。重點是要對彼此坦誠，一點點的撒謊都不可以，千萬不可以。」

「不，我們不是……」寧夏試圖糾正她與束頤的關係，但是男大姐根本沒在聽，顧著伸手往鑲珠的皮包摸索，拿出一張紫色名片。

「來，這是人家的店，很適合情侶來逛。既然都是同一個社區的，會給你們打個折。噢，對了對了，人家叫『鋼絲』，你們知道的，這名字是圈內的那種意思。這邊的圈內是指殺人魔圈子，在其他地方人家的稱號可多了。」鋼絲捂嘴呵呵笑著，瞇起的眼睛夾出魚尾紋。

寧夏接過名片，上面印有浪漫的英文字體的店名，還附帶一小行地址。

「這是什麼店？」寧夏很疑惑，只看名片猜不出個所以然。

「來看看就知道了。」故作神祕的鋼絲又是捂嘴笑，隨後誇張地驚呼：「這樣吧，不如現在就來看看吧？人家回來吃了晚餐，要繼續回去顧店呢。來吧？來不來？就當作是捧場嘛？」

「這個……」寧夏看了東頤，想知道他的意願。虛弱的素食鬼沒有反應，於是寧夏說：

「下次吧，今天可能不太適合。」

「哎呀，那麼好的機會，太可惜了。」鋼絲眨眨眼，誇張的假睫毛不斷晃動。「人家這間店很適合情侶逛，單身的當然也歡迎，不過呢，還是有伴的更好。這是互相摸索，更加了解對方的好機會呀。」

更加了解對方？寧夏在意起來，如果能藉此更認識東頤……不過到底是什麼店呢？

她再次仔細打量鋼絲，這個男大姐經營的店鋪會是人妖酒吧？還是算命占卜？

寧夏想確定東頤的意願，幸好素食鬼先問了：「你的店離這裡很遠嗎？」

「不遠不遠，知道有間叫『看見羊』的餐廳嗎？人家的店就在附近。」

「那沒問題。寧夏姐姐，去嗎？」

寧夏依然沒有說話的機會，又被鋼絲的驚呼打斷：「你叫她姐姐？原來是姐弟戀嗎？真是太甜蜜了，年下與御姐的組合，哎呀真是羞死人。不不，讓人家提心吊膽地確認一下，應該不是親姊弟吧？這樣太刺激囉，也是悲劇吖，相愛的兩人卻有血緣關係，真是太作弄人了。」

鋼絲抽出手帕，捂著眼睛假哭起來。

「不是親姊弟！真的不是！」寧夏慌張否認，提到亂倫真是嚇死她了。「東頤，你願意去嗎？」

「可以。」東頤慢慢站起，順便伸手拉了寧夏。

「啊，那就是單純的年下戀了嗎？呵呵，人家會從現在開始為你們的戀情祝福的。來吧，好好跟緊人家。」

鋼絲用與圓肥體型不相稱的輕盈腳步快速帶路，眨眼間把寧夏跟東頤拋在身後。

寧夏還是連解釋的機會都沒有。

她跟東頤，真的不是那種關係。

××××

夜間的路邊草叢不斷發出蟲鳴聲，在路燈的照明之下，寧夏與東頤跟著鋼絲走。有好幾次，並肩而行的兩人不時碰到對方的手背。

那是極為倉促的接觸，如蜻蜓點水般輕碰。

儘管是意外，寧夏仍然尷尬又在意，不時從視線的餘光觀察東頤。東頤對於手背的碰觸似乎無感。

現在素食鬼的狀態好了一些，臉龐恢復血色，也有活力多了。寧夏因此放心了。她本來擔憂拖東頤跑這一趟，會讓他的狀況更糟。

東頤好像默默察覺她心思似的，恰好在此時搭話：「我這樣算不算迷路？跟一個不太熟悉的住戶走，不知道會走去哪裡？」

「你剛才說的迷路，不是指這種迷路嗎？」寧夏不知道哪來的衝動，大膽地保證：「沒事的，我會把你拉回來！」

東頤嘴角淺淺地彎起。「那就拜託你了。在這之前，我會將與你的約定當作路標，盡量不讓自己走錯路。」

「我相信你一定會履行約定。」

「抱歉打斷你們的談情說愛，不過人家的店到了。來，很驚喜吧！」鋼絲翩然轉身，圓點洋裝的下襬輕飄飄地飛揚。

鋼絲背對著發出五顏六色燈光的店面，像要炫耀輝煌的成果般展開雙臂。

寧夏整個人愣住。東頤也呆滯幾秒，才緩緩說：「原來是這種店。」

「什麼叫原來是這種店！」鋼絲嬌斥：「這裡是讓情侶感情升溫的天堂！」

寧夏無語。這間店面散發迷幻淫靡氣息，招牌的風格充滿挑逗，玻璃櫥窗內陳列的模特兒模型穿著情趣內衣。

什麼感情升溫！寧夏在心中吶喊，明明就是情趣用品店！

「鋼絲阿姨，你說可以互相摸索、更加了解對方，是指那方面的事嗎？」東頤問。

「哎呀，那不是理所當然的嗎？美好的性愛有助於感情的升溫。你們覺得性與愛哪個是缺一不可呢？」

「呃。」寧夏無法作答，只有尷尬得臉頰發紅的分。

東頤則是乾脆沉默。

「這個答案呢，呵呵，既然都是大人了，那當然是我全都要呀！性與愛缺一不可。」鋼絲為自認的完美答案鼓掌，推開毛玻璃門。「趕快進來看看，不要那麼抗拒。」

寧夏無法往前踏出。實在太害羞了，況且她又不需要這些！

鋼絲雙手插腰，無奈地嘆氣：「我看你完全是不懂喔。性呢，不僅僅是人類的天生本能，曾經有個心理學家說過，性是人類的強人驅力呢。不要被世俗道德的眼光給束縛了，接受它面對它享受它沉迷它。來，都進來吧。」

鋼絲左右一抓，分別拉住寧夏跟東頤，將他們拖進店裡。

叮鈴叮鈴！毛玻璃門懸掛的鈴鐺清脆作響，招呼被強迫參觀的羊崽與少年殺人魔。

寧夏驚慌地杵在原地不動。稍稍觀察之後，反倒慢慢鎮定下來。

這與她想像的情趣用品店完全不同，走道寬敞，地板是方形的淺粉與黑色磁磚交錯拼成，金屬貨架則是較深的粉紅色，商品依照不同用途分類，排列得很整齊。

店裡飄著甜甜的水果味道，是混合了水蜜桃與蘋果的氣味。

「怎麼樣怎麼樣？還不錯吧？」鋼絲指著貨架。「來吧，隨意看看。有什麼不懂的，我都可以介紹。」

寧夏小心地跨出腳步，彷彿地板下藏有致命的地雷。她捂著嘴，害羞地走過放著各種尺寸與顏色的按摩棒區，有些是單純的塑膠造型，另外有些做得非常逼真，簡直像是真的陰莖。

有些尺寸讓寧夏看了吃驚，幾乎跟人的前臂一樣長，讓她好奇真的能把這種東西放進體內？太恐怖了，有人會購買嗎？

鋼絲看出寧夏的驚恐，拿起那根誇張尺寸的假陽具甩啊甩。「每個人的需求不同呀，有些客人不只是被填滿就能滿足了。」

「這、這樣啊。」寧夏忍不住退後，怕被鋼絲手中的假陽具打到。

東頤跟在寧夏身後，看起來好像也在瀏覽商品，但視線停留的時間極為短暫。

「怎麼啦？這位小哥覺得無聊是嗎，沒有中意的？也有給男性用的唷。」

「謝謝，不用了。」東頤很乾脆地拒絕。

寧夏繼續往前走，接下來陳列的是手銬與眼罩，以及繩索，另外還有一些她看了不明白，但好像是拘束用途的道具。

寧夏好奇地拿起一只手銬，然後又摸摸眼罩。

「哎呀，原來你喜歡這一類的，怎麼了怎麼了？喜歡擔任被伴侶支配的角色？不是嗎？那是喜歡支配？」鋼絲感興趣地問。「你跟那位小哥平常是這樣分配角色的嗎？」

寧夏趕緊把手銬放回貨架。「不、都不是！我們沒有。」

「反應不要這麼激烈，沒事的，每個人都有各自的取向。有喜歡被綁縛的，也有喜歡綁人的。」鋼絲拿起一副木製手枷。「想不想試試看？這副看起來是誇張了點，不過做得很堅固，不像有些手銬用力一扯，啪，就斷了。太無趣了，沒辦法好好把人困住啊，幾個客人都嫌掃興，要我推薦更牢固的，所以就讓它們瞧瞧這個小傢伙囉。來，拿著！」

寧夏捧起手枷，好奇端詳。「這個真的會有人用？」

「有的，這間店裡所有的東西，都是為了滿足各種人的需求，所以才被製造出來的。很有趣吧？人真的是有各種面貌與癖好，在性的方面也是呢。啊，你對束縛類的道具有不同的感情唷，眼神都不一樣了。」

寧夏一聽，驚得把手枷放回架上，並且趕緊轉移話題：「那裡面是什麼？」

寧夏早就發現走道的盡頭有一道門，因為裝有門簾，所以無法看見裡面。

「討厭，眼睛太銳利了吧？」鋼絲稱讚：「那個呀，是人家的祕密小空間，不輕易開放的。不過既然是同社區的住戶，給你們看看也沒關係。」

鋼絲掀開門簾，招呼寧夏與東頤入內。

房間裡放著一個浴缸，一張八爪椅。地上還有一個穿黑色膠衣、雙手被綁縛的人形，整個頭部都被膠衣覆蓋，看不出來是活人或玩偶。

這樣詭異的場景讓寧夏反胃，同時發現浴缸裝滿透明的黏液，表面反射油亮的光澤。

鋼絲走向裹在黑色膠衣裡的人形，用腳尖踢了踢，發現沒有反應，於是伸手探了黑色人形的脈博與呼吸。

幾秒後鋼絲惋惜地說：「可惜了，已經沒氣了。時間沒抓好。」

「抓什麼時間？」東頤問。

「這是窒息PLAY呀，沒弄好就出人命了。」鋼絲不好意思地笑了笑。「都怪人家剛才貪吃，多吃了布丁當飯後點心。」

「你的反應也太輕描淡寫了吧。」東頤吐槽。

「危險的性愛總是有風險呀，這個小傢伙也知道。」鋼絲又踢了踢黑色膠衣人形。

寧夏不想停留在這個話題。「浴缸裡的是什麼？」

「是潤滑液，很多對吧？這個浴缸要搭配這張椅子使用。」鋼絲說明：「人家呢，喜歡挑情侶當羊崽。知道潤滑液的用法嗎？體貼的男伴會先把潤滑液擠到手上搓熱，然後才塗抹到陰莖上，不然很冰涼呀。素食鬼你也學著，當個體貼的男伴。」

東頤沒理。

「依照這個道理呢，人家抓來情侶之後，會先把男伴丟到浴缸，讓他把潤滑液弄暖。至於女伴就先綁到那張椅子上，讓她看男伴被人家壓在滿滿的潤滑液裡面窒息死掉。等到男的死掉了，就輪到女的了。兩個人死在同一個浴缸裡，共用潤滑液，是不是很浪漫！人家幫助情侶永浴愛河！」

寧夏皺眉，這個鋼絲虐殺羊崽的方式，可能是她遇過覺得最糟糕的了。

「真是噁心的惡趣味，跟你的妝一樣噁心。」東頤冷冷評論。

「哎呀，怎麼這樣說？素食鬼呀，難道你只殺想死的人就比較高尚嗎？一樣都是殺害羊崽呀，人家跟你沒有不同吧？」鋼絲問。

「我跟你就是不一樣的。」

「難道你沒有曾經想殺殺看不一樣的對象嗎？比如完全不想死的。有吧，一定有的。人的口味都是會變的，我們也是人呀。」

鋼絲這一問，讓東頤臉色驟變。

旁觀的寧夏還不知道，就在稍早之前，東頤有向易敬動出手的企圖。

就差那麼一點，那位她再熟悉不過的青梅竹馬，會在下個禮拜四被丟入社區的清運車，與其他不相干的屍塊一起被載走。

寧夏誤以為東頤是受了挑釁所以不太開心，沒發現素食鬼心中的暗潮洶湧。

「人家是不是說對了？」鋼絲得意地摀嘴，繼續追擊：「你對新羊崽又是打什麼樣的主意呢？在試圖殺不想死的人之後，你是不是開始要嘗試不同的玩法？」

鋼絲走近寧夏，伸出塗了鮮紅色指甲油的手指，要抬起她的下巴。寧夏立刻迴避。

鋼絲說：「長得這麼好看的羊崽，就算是號稱喜愛素食的素食鬼，也會忍不住吧？是不是已經跟她有不尋常的肉體關係了呢？」

這次換寧夏變了臉，想起喝醉時對東頤做的那些事情，雖然喝到斷片而失去相關記憶，但當時發生的一切絕對非她本意。如果她是清醒的話，絕對不可能那樣對待一個陌生人。

寧夏變換不定的表情讓鋼絲更加興奮，繼續調侃：「果然呀，放心、放心，都是成年人，這種事情很自然，沒什麼。」

成年人？寧夏看向東頤，眼裡的不自然飽含太多訊息。

鋼絲納悶地問：「什麼？素食鬼原來還沒成年嗎？那可是犯罪呀，不過沒關係，我們是殺人魔。這不是什麼大問題。」

「就算這樣，也還是不可以。」寧夏搖搖頭。

鋼絲自顧自說著：「殺人魔與羊崽，這也不是稀罕的組合呢。圈子裡曾經出過幾對，可惜最後……」

「她沒有犯罪。我成年了。」東頤冷冷地說，瞪著鋼絲，但話是特地說給寧夏聽的。「我早就成年了。只是看起來比實際年齡小，所以容易偽裝。」

「哎呀，這是有趣的偽裝。」鋼絲說。

「等等，東頤，所以你……」寧夏花了幾秒才意會過來，發現是謊。一個讓她又羞又氣，折磨了好一陣子的謊。

現在的東頤又變成寧夏在社區找到他時的模樣，耗盡了，徹底地耗盡了。

他迴避寧夏那責難與不理解的目光。

「你喝醉的那一晚，就只是喝醉。沒有發生什麼。」東頤澀聲說：「素食鬼不只殺想死的人，還喜歡說謊。」

最初素食鬼只是習慣性撒謊，喜歡看對方被自己耍得團團轉。

這樣的素食鬼沒想到，會有一天，遇到分量非比尋常的羊崽，讓他差點破壞自己的信條。

東頤差點動手殺害不想死的人，那個名叫易敬勳的傢伙對於寧夏是如此重要。這樣的悔恨夾雜罪惡感，讓東頤無法繼續欺騙寧夏。

在這樣糟糕又不合時宜的場合，東頤選擇了坦白。

東頤依然迴避寧夏的目光，那蹵得他好痛。

他希望寧夏能說點什麼，不管是罵他或搥打他都好，至少能有一點點彌補。

東頤什麼都沒等到，只聽見門簾被掀開，然後是店門口傳來鈴鐺的叮鈴聲。

寧夏走了。

第十五章 不是未成年就可以嗎

落單的纖細黑影走過被蟲鳴包圍的小路。

寧夏循著來時的路離開。

一樣的路，不同方向。這次她背離東頤，越走越遠。

寧夏終於明白，一切都是謊。

她一張臉氣得煞白，本來就顯白的肌膚，現在更是幾乎不見血色。像雪一般，冰冰冷冷的白雪。

蟲子在夜間開起派對，熱鬧的蟲叫聲讓寧夏嫌吵嫌煩，忍不住伸腳去踹草叢，嚇出幾隻拍翅的飛蛾，還有蚱蜢倉促跳開。

被踢過的草叢隨即恢復原樣，只剩莖葉仍在晃動。如此輕易便復原了，卻讓寧夏想到有些事可能回不去了。

她繼續走，肩膀彷彿被什麼重壓似地垂下，頭沒辦法好好抬起，好幾次看到自己的腳尖。

寧夏忍不住吸了吸鼻子，又伸手抹臉。

很好，是乾的，她心想。她還沒有哭。

寧夏眼前的路燈一盞又一盞相連，不斷延續下去。在漆黑的夜裡，那樣死白冰冷的人造光線過於尖銳，而她發現回去的路，在此時看起來意外地漫長。

寧夏的嘆息像雪飄落那樣輕。無主遊魂似的她繼續走，直到聽見在蟲鳴之外，藏著不屬於自己的腳步聲。

是東頤追過來了？寧夏賭氣地堅持，她是絕對不會原諒這個騙子的。

不管東頤說什麼、怎麼道歉，她都不會心軟。都是東頤撒的謊，才害她因為自己從來沒做過的事情，羞恥愧疚了好一陣子。

那個討人厭的騙子。

腳步聲始終跟著寧夏不放，時而急切，時而疏離。即使她不打算原諒，也不免好奇東頤究竟有什麼打算？

於是她跟自己說，只看一眼就好。

只要一眼。

寧夏悄悄回頭。這一看，讓她頭皮發麻，呼吸驟停。

那是誰？

跟在她身後那個既陰森又陌生的男人是誰？

陰森男人發現寧夏回頭，立刻看往別處，差勁地偽裝成散步的路人，卻沒忍住繼續偷看。

寧夏與陰森男人對到眼，撞見猥瑣打量的目光。

這樣噁心的視線，寧夏並不陌生，瞬間知道這個陰森男人是多次在社區外偷窺她的兇手。

寧夏盡可能維持鎮定，假裝沒事繼續徉前走。腳步聲再跟了上來。寧夏試探地突然停住。

——後面的腳步聲同時停住。

在思緒行動起來之前，寧夏的雙腳已經先往前邁開了。她走得很急很快，身後的腳步聲也急促起來，逼得寧夏身體發冷，後頸一陣雞皮疙瘩，瞬間由走變跑，開始狂奔。

陰森男人也跑了起來！又重又急的踏地聲緊追著寧夏不放。

寧夏一個心慌，踉蹌間跌倒，重重趴在地上，手肘與手掌磕出擦傷與血跡。腎上腺素讓她暫時感受不到疼痛，立即握住藏在口袋的小刀。

——那是東頤送她的禮物。

趴地的寧夏倉皇扭頭，陰森男人距離她不足三公尺，嘴巴微微張開，吐出粗沉的喘息。帶著黑眼圈的森然雙眼睜得極大，可以看見汙濁眼白裡的血絲。

陰森男人逼近寧夏，伸出的手掌對著空氣又捏又抓，好像在隔空恣意羞辱寧夏的身體。

寧夏狼狽地用後腳跟踢地，試圖退後。一隻手仍藏在口袋，握緊小刀不放。

陰森男人突然舔了舌頭，在乾裂的嘴唇留下濕亮的唾液。寧夏還來不及感到噁心，陰森男人瞬間向她撲來。

寧夏立刻抽出預藏的小刀。

寧夏手中的刀尖尚未對準，突然一個影子撞倒陰森男人，兩人雙雙滾開。

及時趕到的東頤翻過身，迅速壓制住陰森男人，同時手臂不斷揮舞，一再對著陰森男人的頭部重砸。

陰森男人不停哀叫，叫聲從淒厲響亮變得微弱，最後只剩斷斷續續的呻吟，連掙扎都不掙扎了，癱躺在地動也不動。

東頤從陰森男人身上爬起，手掌落下幾滴鮮紅，是從刀柄灑下的血。

礙於是在社區之外，東頤不想產生大量血跡免得善後麻煩，所以沒有使用刀刃攻擊，而是反握小刀，用刀柄不斷重擊陰森男人的太陽穴。

一切發生得太快，寧夏舉刀的手還僵在半空中，傻傻看著。

東頤急促喘氣，胸膛不斷起伏，額頭與鼻尖都有汗珠。他看向寧夏，隨即歉疚地垂下目光，低聲問：「你有沒有事？」

東頤不問還好，這一問瞬間解除寧夏的緊張感，強自壓抑的恐懼爆發開來。

她哽咽一聲，突然大哭。

寧夏扔開刀，手臂在空中亂揮，好像溺水的人急著想抓住什麼。猶豫的東頤咬咬牙，深怕會被推開，但最後還是選擇抱住寧夏。

寧夏也用力抱住他。

「東頤！好恐怖、好恐怖喔……」寧夏哭得連話都說不清楚。

「寧夏姐姐，沒事了、都沒事了。」東頤說完也跟著掉淚：「對不起我不是故意要騙你，我只是太習慣說謊了，喜歡捉弄人……」

「你這個大騙子，知不知道我好丟臉，不敢相信自己會做那種事！」寧夏的哭聲又更大了。「你為什麼要裝未成年！」

東頤哽咽地問：「那不是未成年就可以嗎？」

「當然一樣不行啊！」寧夏邊哭邊搥打東頤。「我喝醉耶！真的很怕發酒瘋做了什麼恐怖的事！」

「那你下次不要喝這麼多啊……」

就連東頤也不知道原因，突然笑了出來，邊笑邊哭的感受他還真是第一次體驗。

「你在笑嗎？有什麼好笑嗎？」寧夏滿臉眼淚地問：「我快嚇死了，我以前也這樣被跟蹤過，你知道嗎！」

「是易敬勳說的那件事嗎？」東頤敏銳地聯想起來。「那到底是怎麼了？」

寧夏吸了吸鼻，東頤貼心地為她抹掉眼淚。她開始訴說：「我以前在酒吧喝醉，離開的時候被人盯上，一直尾隨我……等我走到陰暗的地方，就衝上來……」

東頤聽了臉都白了，憤怒與心疼的情緒交雜。

寧夏繼續說：「我情急之下為了反抗，就拿包包裡的剪刀刺傷對方……」

「你有沒有受傷？」東頤不在乎那些人的死活，更在意寧夏的安危。

「被抓住的時候有瘀青跟小擦傷。可是對方流了很多血。好慚愧，後來是靠家裡擺平的，我那時候沒辦法處理這種事。」

東頤用力抱緊寧夏，耳邊有她的啜泣聲。

「那你後來還常去酒吧……寧夏姐姐你在某些方面滿大膽的……」

寧夏推開東頤，用帶著哭腔的憤怒語氣說：「不對的是那些人，又不是我。為什麼我要因為他們，捨棄我喝酒的興趣！」

「對不起，是我說錯了。都是那些人不對！」東頤雙手合十道歉。

叭叭。

一台廂型車緩緩在路旁停下，降下的車窗探出剁手的臉。

這個熱愛團購與八卦的殺人魔大聲嚷著：「我真的沒看錯，是寧夏跟素食鬼。你們兩個在路邊哭成這樣幹什麼？是撞鬼嗎？還是買虛擬貨幣賠太多要跑路了？」

「剁手哥哥你在亂講什麼？」東頤擦掉眼淚，然後再替寧夏抹臉。

「原來不是嗎？現在虛擬貨幣跌得好慘，我認識幾個幣圈的每天都在哭。所以是我誤會了嗎，那你們在這幹嘛？」

「你又在這幹嘛？」東頤反問。

「送貨啊，我送貨去給鋼絲。你知道鋼絲嗎？就搞情趣用品店的，常常畫濃妝穿女裝的那個住戶。」

「知道，剛剛才看過他的店。喂，剁手哥哥，那個叫鋼絲的一直都這樣嗎？喜歡挑釁人，嘴又賤。」

「是啊，一直都這樣。就連我幫他進貨這麼久了，還是常常被他嘲諷啊。不過他付錢乾脆不拖欠，所以我就認了，當是生意的一部分。賺錢嘛，不是被老闆羞辱就是被客戶羞辱，錢拿到最重要。」

剁手跟往常一樣劈哩啪啦說了一長串，然後眼尖地注意到躺在一旁沒有動靜的陰森男人。

「素食鬼，你開葷啦？挑路人下手。」剁手似乎發現什麼不得了的祕密，體內的八卦大聲筒之魂熊熊燃燒，準備宣傳給全社區的住戶知道。

這個不識相的亂問又打中東頤的痛點，他瞪了剁手一眼。「這傢伙要攻擊寧夏姐姐，所以我才出手，而且沒殺死他。現在只是昏過去。」

剁手興奮的表情冷卻幾分，嫌無趣地說：「是這樣啊，還以為素食鬼你……」

東頤打斷剁手的閒話：「剁手哥哥，既然你開了廂型車，順便幫我把這個人載走吧，要怎麼處置隨便你。當是處理費，送你一隻羊崽。」

「成交，划算的交易！」

剁手開心地跳下廂型車，跟東頤一起把昏迷的陰森男人扛進後車廂，然後開開心心地鑽回駕駛座。「走啦！謝謝惠顧！」

叭叭。

剁手又按了喇叭，廂型車轟隆隆開走。

於是只剩東頤跟寧夏兩人了。

東頤用指尖搔搔臉頰，在寧夏面前蹲下。

「寧夏姐姐？」

寧夏別過頭，只留給他一張鼻尖發紅以及眼眶微腫的側臉。

這模樣太委屈了，東頤看了都難受。

「對不起，都是我的壞習慣。我太習慣說謊了，不管有沒有意義，都想要說謊。」東頤強調：「可是我只對你說過一次謊。就那麼一次。」

「不管一次兩次，或是多少次，說謊就是說謊。」寧夏冷哼。「你到底幾歲？」

東頤報出了數字，寧夏轉過頭，懷疑地不斷打量。「這次沒說謊？你說的是真的？」

「真的，」東頤舉起雙手投降，「不會再對你說謊了。」

「那你的年紀……還是滿小的耶？」

「至少成年了。」東頤說完後，換來很久的沉默。他知道寧夏還沒消氣，所以提出請求：

「寧夏姐姐，作為道歉，我願意做任何事。」

「不准再對我說謊，還有要遵守我們的約定。租約到期那天，你要記得。」

「一定。還有嗎？」

「我剛剛說的，不是作為你賠罪條件的一部分。那是我與你相處的基本條件。這很公平吧？」

東頤聽出話裡藏著的訊息，既然說是相處的基本條件，那就代表寧夏沒有完全要與他斷絕來往，還有挽救的機會。

「我該怎麼做？」

寧夏又一次別過頭，留給東頤冷漠的側臉。

「寧夏姐姐？」

「請我喝酒。」

「喝酒？就這樣？」

「是很多很多酒，要讓我喝到飽。」

叭叭。

熟悉的喇叭聲又出現了。急匆匆的廂型車送完貨掉頭回來，車窗降下後，又是剁手的大嗓門。

「怎麼還在啊？是在練習睡公園嗎，我這邊有紙箱，你們要不要啊？」

「剁手哥哥，你知道這附近哪邊有不錯的酒吧嗎？」

「酒吧？你們想喝酒？」

「對。」

「那真是太剛好了，我最近批了一些酒想要拿來賣，有啤酒紅酒威士忌伏特加跟一堆有的沒的。有興趣的話，甜甜價賣給你。我剁手做生意一定童叟無欺，價格絕對甜。」

東頤看著寧夏，詢問她的意願。

「剁手先生，你手邊的酒很多嗎？」

「多，當然多！」

「那這樣吧，」寧夏對東頤提議：「辦個小聚會，找小拼還有大廚先生他們一起來喝酒。」

「沒問題！就這麼辦！」回答的不是東頤，而是興奮的剁手。「不如就今天吧，喝酒要晚上喝才有情調。你們先回去找人，我準備一下就把酒帶去你們那邊。等等見！再買就剁手！」

叭叭。

廂型車快速開走，又一次留下寧夏跟東頔。

突然安靜下來之後，東頔發現似乎遺漏了什麼，皺眉思索著。

「怎麼了？」寧夏好奇地問。

「啊，」東頔終於想到了：「剁手哥哥既然都要回社區，為什麼不順便載我們！」

第十六章　殺人魔鄰居們陸續來到

酒會就這樣開始了，殺人魔鄰居們陸續來到。

首先敲門的是小拼，她抱著兩桶冰淇淋過來。「太突然了，我沒有東西適合配酒的，只好帶甜點來了。草莓口味跟巧克力口味的，讚吧！」

寧夏本來還開心地伸手想接過，但是看見冰淇淋桶飄發的白色冷氣，忽然心中一凜，趕緊先問：「這個冰淇淋本來是冰在哪的？」

「那還用問嗎，」小拼理所當然地說：「跟我那些拼圖的材料放在一起啊，那個冰櫃很好用耶！」

寧夏立刻抽手，不敢去碰。「沒關係，這些冰淇淋你留著自己吃就好。」

「什麼啊，寧夏你是不是怕那些拼圖材料？放心啦，我有好好擦拭過，味道一定沒問題，不會有屍臭的！」

「不，拜託不要……」

這時候大廚也來了，他好奇地問：「怎麼了？兩位待在玄關，是發生什麼事了嗎？」

寧夏簡單解說冰淇淋的由來，大廚欣然說：「沒問題，交給我吧。我想我能跟小拼一起吃完。另外這是一點小禮物。」

「請問……該不會是肉醬吧？」寧夏問。

大廚惋惜地說：「不，肉醬已經被拒絕過太多次了，我想讓它們繼續待在我的冰箱會是更明智的選擇。這些是起司跟堅果，還有一些橄欖，適合當簡單的下酒菜。」

大廚打開手上紙袋，讓寧夏確認內容物與他說的都相符，沒有混入人肉製品。

「實在是可惜了，你不能接受那些口味，本來可以請飽飯做些下酒菜。有他的料理，酒喝起來會更美味。」

飽飯？寧夏想了想，記起這名經營餐廳的殺人魔廚師，還有那一天關於羊崽與牲畜差別的討論。她更加慶幸大廚沒有帶來額外的下酒菜。

寧夏安心地收下。小拼把冰淇淋塞到大廚懷裡。「草莓的給你，巧克力的我自己吃。」

寧夏招呼兩名到訪的殺人魔進入屋裡，小拼直接衝向沙發，把鯊魚娃娃抱在懷裡。「寧夏，酒呢？有沒有湯匙！」

「酒還在等剁手先生拿來，湯匙的話……這支給你，不用還我了沒關係。」

「有什麼關係嘛，這個冰淇淋還沒拆封耶，沒沾到拼圖的味道啦！」

寧夏面有難色，沒繼續在這個話題糾纏，把另外一支湯匙遞給了大廚。大廚貼心地說：

「我想這支湯匙也是送給我了，對不對？」

「是的。千萬不要還給我。」

「我會好好保存的。」大廚打開冰淇淋封蓋，挖了草莓冰淇淋開始吃。旁邊的小拼則是早就開動了，她的吃相豪邁，嘴邊沾滿融化的巧克力。

「素食鬼呢？怎麼沒看到人？」大廚問。

「去幫忙剁手先生搬酒了。剁手先生似乎進了很多酒，除了今晚要喝的，我還想另外準備一些庫存。」

「原來寧夏你喜歡喝酒，我那邊有幾支不錯的紅酒，下次拿給你吧。今天就先享用剁手的貨，不知道他挑酒的眼光怎麼樣？另外還有誰會來？」

「我還找了鬼山老師，嗯，就我們了。」

「鬼山啊，他會來嗎？我記得他是不碰酒的，因為會攝取不必要的熱量，也擔心酒精影響訓練後的恢復。」大廚如此擔心。

幸好鬼山還是來了，身形龐大的他得要側過身才能從門口進來。鬼山粗壯的手掌提著老舊且布滿使用痕跡的角落生物提袋，這些可愛的小生物與鬼山恐怖的外表相當違和，但是鬼山本人似乎非常喜歡，總是拿來裝餐盒。

「鬼山老師！」寧夏高興又恭敬地迎接，鬼山沉默地點點頭，來到沙發這邊坐下。他實在太魁梧，一個人就佔去兩個座位。

鬼山打開角落生物的提袋，拿出兩個透明餐盒，裡面放著切好的水果，有香蕉、奇異果、蘋果、鳳梨……然後提袋摺好，仔細收妥。

鬼山看看寧夏，雖然沒說話，但做為師徒，寧夏馬上明白鬼山的意思。「謝謝老師的禮物，這些好新鮮，我們會好好配酒享用的。」

寧夏想起大廚剛剛說的，既然鬼山不喝酒，那他來這個小酒會不就很無趣了？「鬼山老師，你不喝酒的話……要不要我另外準備喝的給你？」

鬼山再次打開提袋，拿出一人瓶濃稠的綠色飲料，像是某種奶昔。隨著他打開瓶蓋，濃重的蔬菜生味還有雞肉的腥味從瓶中溢出，在屋內瀰漫。

「老師，這是什麼？」寧夏掩鼻問。

「雞胸奶昔。」

「為什麼會是綠色的？」小拼也摀住鼻子，不敢聞令人作嘔的恐怖味道。

「加了水果跟生菜。」鬼山拿起那瓶綠色的雞胸奶昔，仰頭灌了幾口，喉頭激烈鼓動，發出咕嚕咕嚕的聲音。

寧夏必須承認，即使再仰慕肌肉鬼山，看到這種飲品還是嚇得反胃。

鬼山一口氣喝掉半瓶，放下瓶子時，唇邊黏著些許雞胸肉的纖維。寧夏抽來衛生紙，

「請、請用。」

鬼山用那隻大手接過衛生紙，把嘴上的奶昔殘渣擦乾淨，染得潔白的衛生紙一片濕綠。

「這東西真的能喝嗎？」小拼嚇得整張臉皺成一團，趕緊多吃幾勺巧克力冰淇淋壓壓驚。

「喔不，這些甜食還不夠撫慰我嚇壞的幼小心靈。寧夏，酒呢？剁手跟東頤好久喔，我的冰淇淋都快吃完了耶。」

「我去看看。」寧夏也開始擔心，不知道東頤被什麼給絆住了？她推開門，站在空蕩蕩的走廊上等待。

過了一會兒，寧夏看到有人影從電梯那出來，走在前面的是熟悉的東頤與剁手，兩人手中都抱著裝酒的木箱，除此之外還有一個濃妝豔抹的……男人。

鋼絲？這個人怎麼也來了？寧夏納悶。

「久等啦！久等啦！酒來囉，不管是紅酒白酒琴酒威士忌伏特加龍舌蘭，全部都給你拿來啦！還有冰塊喔！」剁手的大嗓門貫徹整條走廊，好像怕全社區不知道他有一堆酒想賣。

「小聲點，剁手先生……」寧夏擔心驚動鄰居。隨著東頤走近，她低聲問：「為什麼鋼絲也來了？」

「剁手這個大嘴巴把要開酒會的事情傳出去，鋼絲也知道了。他對挑釁我的事很抱歉，所以跑來找我道歉。我想說好吧，反正他的嘴賤不是針對我，所以就算了，讓他一起來。你不反對吧，寧夏姐姐？」

「你覺得沒問題的話，那我也放心。」

鋼絲擠過剁手，來到寧夏面前，遞給她一個包裝精緻的黑色紙盒。「不好意思啊，人家剛剛在店裡對你們太粗魯了，這是賠罪的小禮物。」

寧夏想到那個躺在小房間的膠衣人形，還有裝滿潤滑液的浴缸，對這份禮物多了些戒心，不敢輕易收下。

東頤無奈地說：「我也收到一份，不知道會是什麼東西。」

東頤說完，寧夏才發現他抱著的裝酒木箱裡也有個黑色紙盒。

「不用擔心，絕對是單純無害的好東西。」鋼絲俏皮地眨著單邊眼睛。「都很乾淨，完全沒有使用過的唷！」

寧夏想到鋼絲店裡展示的那些商品……心想自己絕對不會是那些商品的目標客群。

「不收嗎？人家只是想賠罪。畢竟在店裡說了那麼過分的話，差點害你們決裂。看到情侶鬧不合實在太讓人傷心了……」

東頤跟寧夏都以責難的目光凝視鋼絲，實在不明白怎麼能說出這種話。畢竟鋼絲會活捉情侶，把男伴壓進潤滑液悶死，還逼女伴看啊！

「呵呵，好啦，拿了這份禮物，原諒人家嘛好不好？」鋼絲熱情地把黑色紙盒塞進寧夏手裡，讓她只能暫且收下。

「好了好了，不要呆站著，快點進去喝酒吧！如果好喝記得幫我宣傳，進了這批酒就是想賣掉啊，不是我自己要喝的。」剁手嚷嚷。

「剁手先生，私自賣酒不是違法的嗎？」寧夏提醒。

寧夏這一說，面前的三名殺人魔都訝異地盯著她瞧，讓她困惑地追問：「怎麼了嗎？我沒說錯吧？菸跟酒都是不能私自販賣的。」

「寧夏姐姐，你說的沒錯，但是……」東頤露出一臉無辜的表情：「我們都是殺人魔喔，比起賣酒……」

剁手接話：「羊崽都殺了好幾個了，賣酒又怎麼了嗎？哈哈哈哈。」

「跟人命比起來，偷偷賣酒根本是微不足道的小事唷。」鋼絲對寧夏露出一副「你真是太可愛了」的姨母笑容，對她的天真感到非常有趣。

寧夏漲紅了臉，支支吾吾說不出話。她跟這些殺人魔實在相處得太融洽了，一時忘記那些血淋淋的愛好。

「其、其他人都到了，快點進去吧！」寧夏只擠得出這句話，尷尬地鑽回屋子。

在屋裡等待的小拼看見她回來，立刻問了：「酒呢？酒來了嗎！我好渴！」

剁手抱著酒箱跳進來，用跳樓大拍賣的激動語氣喊：「來了來了，都在這裡。今天是素食鬼請客，通通盡量喝，不要客氣！喝不夠我那邊還有存貨，感謝素食鬼買單！」

「謝謝素食鬼！」小拼衝過來拿酒，結果腳滑，差點跟剁手撞成一團，剁手整個人滴溜溜轉了一圈，驚險避開，但因為重心不穩，還是往前撲出。

鬼山迅速站起，用粗壯爆滿青筋的手臂接住酒箱，同時用小山般的肉盾身材擋下剁手。驚嚇的剁手嬌喘一聲，倒在鬼山懷裡，然後直接被鬼山推開，摔飛出去。

「嗯，剁手受傷無所謂，但是酒不能有閃失，這是今晚的主角呢。」大廚如此點評。

鬼山將整箱酒放到桌上，又坐回原來位子，喝起第二瓶自備的雞胸奶昔。

「不愧是鬼山老師！」寧夏讚嘆，看著滿滿一箱的酒，決定徵詢眾人意見：「你們要先喝哪瓶？」

「當然是一開始就喝爆，從最烈的開始！」不知死活的小拼亂喊一通。

「從白酒開始吧，先暖身。」大廚提議。

「呵呵，當然是倒一排shot，一次喝完整排呀。這樣才舒服。」鋼絲說。

「誰、誰來拉我一下？我好像閃到腰了？」趴地不起的剁手在哀號。

每個人意見都不同，反倒讓寧夏拿不定主意。她求助地望向東頤，後者說：「不然照自己喜歡的方式開始吧，反正酒很多。重點是一開始要乾杯吧。」

「那就這樣吧！都拿你們喜歡喝的，不要客氣。」寧夏宣布。「然後一起乾杯！」

「沒錯沒錯，乾杯是必須的。」仍然不知死活的小拼拿了龍舌蘭。

「好提議。這瓶白酒的顏色真漂亮。」大廚也挑了一瓶，拿在手上仔細端詳。

「沒那麼多shot杯，那人家先拿氣泡酒當開胃好了。這個粉紅色的好好看唷。啊，幫人家拿冰塊。」

「拜託……誰來拉我一下？」剁手仍然趴在地上，無助地伸手求援。

「剁手哥哥，你這樣太不爭氣了吧，你是殺人魔耶，想想那些羊崽死前努力掙扎的鬥志，就算他們被砍斷手腳或捅了好幾刀，還是拚命想活下去。你也該好好學學。自己爬起來吧。」東頤忍不住訓話，順手從酒箱抽了一瓶紅酒，倒了一杯給寧夏，另外一杯給自己。

「乾杯！」在舉杯歡呼之後，這群人就此開喝，痛快飲酒。

好一陣子沒碰酒的寧夏終於解除心魔，不再怕酒後會亂來，所以喝得特別起勁。本來就嗜酒的她幾乎把紅酒當水在喝。

在酒精的作用下，大家都放鬆不少。容易緊繃的寧夏也舒緩許多。

「寧夏你笑得好開心，第一次看到你這樣耶。」小拼戳戳寧夏的臉。

「你也是啊，」寧夏也戳戳小拼的臉。「你的臉好紅。」

「你的才紅。」眼神迷濛的小拼改成用捏的，捏起寧夏臉頰的一小塊肉。這個粗神經的模型女孩一開始就學寧夏，跟著把酒當水灌，現在已經茫了。

至於寧夏，雖然臉頰泛紅，但神智還相當清楚，可以聽到大廚跟剁手的閒聊。

剁手花了一番功夫，終於從地上爬起，現在癱在沙發上。「可惡，這種時候就希望你們都跟那些熱心公益的住戶一樣，可以幫我一把。腰閃到很痛苦啊，真擔心我的椎間盤。」

「熱心公益的住戶？你是說那些人嗎？」大廚問。

「殺人魔也會做公益？」寧夏好奇問，這是不是類似贖罪券，想要減輕罪惡感？

大廚露出複雜的笑容。「這邊的公益不是你想的那種。而是對我們殺人魔有益的。」

「咦？怎麼可能有這種事？」寧夏完全不理解。

剁手搶著說：「啊，寧夏是新住戶所以不知道吧。這裡有幾個住戶是當法官的，都很有錢啊，買東西不手軟，付錢又乾脆。重點是公益啊，他們很喜歡做公益，不管遇到多兇殘的殺人案，都不會判死刑，這樣才有機會讓殺人魔拚假釋出獄，然後繼續殺人，促進我們（殺人魔）圈子的繁榮。」

大廚補充：「不只是這樣。那些法官住戶發現輕判後，受害者家屬會非常痛苦、崩潰、無法接受，甚至當場痛哭，哭得撕心裂肺，還要眼睜睜看殺人兇手繼續好好活著。這些表現讓法官住戶們發現比虐殺羊崽還愉快。」

寧夏愣住，這是什麼殘酷噁心的惡趣味？

大廚莞爾。「輕判的法官不是全都屬於我們這個圈子。不得不承認，有些高高在上的人心智確實不正常，搞不好比我們（殺人魔）還瘋狂。」

「這些人對外給出的理由是可教化、會悔改，可是咧……」剁手不屑地笑了笑。「你看過太陽轉性從西邊出來嗎？如果是我被抓，只要有機會被放出來，一定還是繼續殺啊，只是會更小心。」

「每年有那麼多找不到的失蹤人口，不是沒有原因的。」大廚舉杯，跟剁手的酒杯碰了一下，各自飲盡，露出心照不宣的笑容。

寧夏只能聽著，無法發表意見，同時也發現自己輕忽了，原來到處都有殺人魔，巧妙不被察覺地四處潛伏。

「嚇到了嗎？寧夏姐姐，」東頤再替她倒酒。「到處都有我們這個圈子的人，無論身分地位性別年齡，你想像得到的或想像不到的都有，比蟑螂還多呢。」

「說什麼蟑螂，真噁心！」醉醺醺的小拼抗議，還把酒灑了出來，潑到鋼絲身上。

「哎呀，你把人家弄濕了！這套洋裝很貴耶，是人家的寶貝！」鋼絲嬌斥，與小拼鬧成一團。「你這個不修邊幅的模型宅！」

小拼回嗆：「閉嘴，你根本不懂模型的美好！你這個妝超濃的老阿姨！」

寧夏懶得管他們的爭吵，顧著喝完手上的酒，東頤還要幫她再添，但被她伸手擋住杯口。

東頤不解，猜是寧夏是不想喝了，還是以為他在故意灌酒？

「這樣一杯一杯的好不過癮喔。」寧夏直接拿過東頤手裡的酒瓶，仰頭往嘴裡灌。

東頤愣住，小拼從跟鋼絲的口角中抽身，吶喊助威：「衝啊，寧夏！用紅色有角的三倍速喝起來！喝啊！」

「什麼紅色有角啊？不要講那些沒人能聽懂的梗！」鋼絲又開始嘴賤挑釁。

「連紅色彗星夏亞都不知道，你連開薩克當雜魚的資格都沒有！」小拼亂喊、手亂揮，手裡酒瓶差點敲到鋼絲。

大廚馬上挪了位子，避免被波及到。腰痛不能動的剁手則是警告：「拜託你們離我遠一點，不要撞到我！不然以後沒有甜甜價了！」

鬼山仍然不動如山，在喝完雞胸奶昔之後，掏出一把堅果，一顆一顆慢慢咀嚼。

「東頤，我還要酒！」喝開的寧夏進入節奏，沒等東頤反應，乾脆自己先拿了，也沒看拿中什麼，打開了就往嘴裡倒。

「喝太兇了！你喝慢一點！」東頤試圖制止，卻被寧夏伸手擋住。

這一擋讓素食鬼相當吃驚——這隻羊崽的力氣原來有這麼大嗎？

寧夏一瓶接一瓶，眼神越來越迷茫，勾起的嘴角讓她看起來始終在笑，蒼白的臉頰泛起紅暈，有一種奇特的病態美感。

寧夏突然站起，往前一撲，雙臂扣住小拼。

「咦？欸？欸欸欸欸？」喝茫的小拼像被鉗子夾住的蟲子，試圖掙脫卻逃不掉。寧夏繼續收緊雙臂，小拼開始亂叫：「啊啊啊啊啊、痛、啊！我要死掉了、我會不會死掉！」

就像突然抓住小拼那樣，寧夏突然鬆手。

終於脫身的小拼雙腳一軟跪倒。「好痛啊寧夏……你這是什麼怪力？」

「嘻嘻。」寧夏咧開嘴角，眼睛彎成好看的弧，看往東頤。

在這瞬間，東頤突然有一種事情不太妙的預感。就在這個念頭出現的下一秒，寧夏迅速撲來，雙臂牢牢將他扣住。

「哎唷，感情太好了吧，這樣親熱！讓人家看得好害羞。」鋼絲驚呼。

「啊，年輕真好。」看戲的大廚感慨，挑了塊起司配酒。

兩人的身子貼得很近，東頤感受到寧夏因為酒醉所以發燙的臉頰，還有呼出的灼熱鼻息，讓他趕緊別過頭，但寧夏的臉頰繼續貼了上來，手臂再扣緊幾分。

這下子東頤連去思考尷不尷尬的念頭都沒了，只驚訝寧夏誇張暴漲的力量。

原來寧夏是喝醉酒會引發怪力的那種人嗎！東頤在心中驚呼。

旁觀的鬼山捂著臉，出聲讚嘆：「非常好，寧夏，非常好……動作很標準，施力的方式也很棒……」

「不是感動的時候吧，快幫我！」東頤受不了了，出聲求救。他不想胡亂掙扎，怕誤傷了喝醉的寧夏。

「嘔噁……」跪地的小拼因為剛剛腹部遭到寧夏擠壓，現在吐了出來。

「還以為素食鬼你很享受咧……」剁手剛說完就被小拼的嘔吐瀑布嚇到。「啊你這個髒鬼！」

東頤思考該怎麼阻止喝醉的寧夏，結果寧夏又冷不防地笑了笑：「嘻嘻。」然後便鬆開雙臂，倒坐在沙發，慢慢昏睡過去。

「我看今天差不多了，讓寧夏休息吧。」大廚跳出來做收尾。「而且小拼吐得太慘了。」

「同意，這個髒鬼再吐下去，人家可受不了。」鋼絲嫌棄地說。

「我不能動了，收拾交給你們。」剁手放棄掙扎。

經過一番折騰，終於收拾乾淨。小拼跟剁手被鬼山扛在肩上帶了出去，一行人向東頤與寧夏告別後便離開了。

×××××

屋裡熱鬧的溫度冷卻，回歸原本的平靜。

「呼，終於結束了，剛才真是太混亂了。」東頤抹抹頭上的汗，把一堆杯子拿到流理台去清洗。

在擦拭杯子時，東頤聽到身後傳來沙沙聲，馬上知道是寧夏有動靜，隨口喊：「寧夏姐姐，你等我一下，等我這邊洗好就背你回房間。你今天真的喝太多了。」

東頤沒聽到回應，下意識回頭一看，發現寧夏正在換上一套黑色的情趣內衣。是鋼絲送的賠罪禮物。

這一看讓東頤嚇傻，馬上看回流理台。

這還沒完，腳步聲朝他接近，然後有熱燙的呼吸落在他的後頸。

寧夏軟軟的聲音傳來：「怎麼啦？不是都說我喝醉會對你做什麼嗎？」

東頤嚇得往旁邊跳開，看清楚此刻寧夏的完整樣貌，那一身布料偏少的黑，讓她白皙乾淨的肌膚裸露大半，像月光反射在雪上般光滑。

東頤因此看呆了，趕緊一巴掌甩在自己臉上。「不、不可以這樣！我不能有那些想法！」

「什麼不可以這樣？」寧夏彷彿變了個人，帶著醉態與病態氣質，散發與平常完全不同的氣場。「喜歡裝未成年逗弄人？現在我可以放心報仇了，還要裝嗎？嗯？」

寧夏最後的那一聲「嗯？」的尾音上揚，充滿挑逗性，讓東頤再次給了自己一巴掌。「寧夏姐姐我錯了，不會再說謊了，拜託你不要。」

「不要什麼啊？」寧夏用指尖輕輕托起東頤的下巴，對著他露出十足魅惑的笑容。

「可、可惡。沒辦法了……」東頤閉上眼睛，開始叨念：「觀自在菩薩行深般若波羅蜜多時照見五蘊皆空……」

為了克制欲望，這個殺人魔竟然念起心經！

輕觸東頤的指尖緩緩脫離，久久沒有動靜。他偷偷睜眼，發現面前的寧夏不見了，低頭一看才發現人蹲在地上，靠著他的大腿。

「寧夏姐姐？」

寧夏抱頭呻吟：「好、好暈喔……我好像喝太多了？」

「先回房間休息吧……」東頤眼觀鼻鼻觀心，還開始念起道家的經典：「心若冰清，天塌不驚……」

好不容易扶了寧夏回房，這個醉得徹底的羊崽一腳踢開素食鬼為她蓋好的被子，又一次暴露出只穿賠罪贈禮的身體。

這時候東頤才想到該幫寧夏換回原來的衣服，於是又一陣手忙腳亂。整個過程中他不斷念著心經，殺死所有大膽的想法。

再次忙出一頭汗的東頤狼狽抹汗，可以說是心力交瘁，慘遭內外夾攻。他嘀咕著：「如果寧夏姐姐想起今天晚上發生的事，一定會後悔到很想死。」

這次東頤決定什麼都不說，除非寧夏自己想起來。反正隱瞞不算是說謊。

寧夏發出規律的呼吸聲，徹底睡死了。

離開房間前，東頤偷看了那套換下的情趣內衣，還是忍不住讚嘆：「唉，寧夏姐姐怎麼這麼適合穿黑色的？」

第十七章 我很好不用擔心我

酒會之後過了幾天，寧夏仍然沒有想起那晚調戲東頤的事，這讓東頤慶幸寧夏有喝多了會斷片的特質，這或許算是一種保護機制。

東頤不敢想像寧夏若是記起喝醉失控的舉動，該會有多崩潰？說不定不必等租約到期，會立即要求他履約動手。

東頤還想起一句電影台詞：「人最大的煩惱，就是記性太好。」於是替寧夏偷偷開心，她記不得這件事。

同時，他也暗自竊喜。

——從此那晚的經歷就成為素食鬼獨享的祕密。

不只如此，東頤還將鋼絲送的賠罪禮物偷偷藏起，暫時不讓寧夏找到，以免她看見那套衣物，會不小心有了線索，連帶想起那晚發生的種種。

還不是時候，東頤自有盤算，不排除等到哪天想戲弄寧夏時，會再偷偷拿出來。儘管寧夏僅存的日子不多了。

素食鬼持續替她倒數。

日子像平靜的小河流逝，繼續朝租約結束的那天前進。本來是如此順遂，偏偏那個易敬動又來拜訪。

又是這傢伙，東頤沒料到又在這社區碰到易敬動。那天在電梯中興起的殺人衝動，至今讓他回想都會打顫作嘔。

東頤不像寧夏酗酒會斷片，所有的事發經過都記得清楚，當時的情緒波動也是。糟透了。這讓東頤不斷做心理建設，避免任何可能的失控。

不過這次東頤不用躲了，大大方方坐在寧夏身旁，與來拜訪的易敬動會面。

見面的地點仍然是在寧夏的租屋，易敬動的表情很凝重，似乎遇到絕大的困境，又好像絕症纏身的人。他從進門開始，兩條濃眉就皺在一起。

易敬動這樣反常的態度，讓寧夏都不安了起來。

「小動，你到底怎麼了？」

易敬動斟酌很久，彷彿喉嚨裡咽了一團沙，在阻止他說話。過了一陣子才澀聲開口：「我有一個很冒昧的請求，需要你幫忙。」

這在寧夏的意料之外，只有吃驚的分：「幫忙？小動你那麼優秀，連你都處理不了的，我一定也沒辦法。」

「不，這件事只有你才能幫我。」

「怎麼會非我不可？」寧夏追問：「到底是什麼事？」

「你……可不可以假裝我們在交往？」

「不可以！」東頤幾乎是在易敬勳說完的同時立刻反駁，還差點要拍桌吼人。

如果說易敬勳的態度是凝重，那麼東頤就是滿滿的警戒還帶著肅殺。素食鬼雙拳握緊，真希望有刀在手。

東頤的反應嚇到寧夏，她鎮定後表示：「我可能沒辦法答應。」

被拒絕的易敬勳沒有太大不悅或沮喪，表現得像是早就知道寧夏會拒絕。

易敬勳低下頭，再次請求：「只要一次就好，在我爸媽面前演一場戲就可以了。」

寧夏猜到大概，便問：「伯父伯母開始逼你去相親了嗎？」

「對……在兄長之後，現在輪到我了。」易敬勳抬起頭，看起來疲憊又無助，與上次來拜訪時像是兩個不同的人。「我已經推託好幾次，這次真的沒辦法了。他們威脅如果我不接受相親的安排，就要干涉我的警察工作。」

「怎麼可以？伯父伯母這樣太殘酷了。」

「雖然說是相親，但他們一定在安排婚事，準備像我的兄長那樣，靠聯姻壯大家族的事業。小夏，我需要你幫忙，我帶你去見我爸媽，假裝我們正在交往。家世背景差不多，他們也認識你，應該不會有太多意見。」

「那之後呢？不能一直假裝下去吧？我會不會需要常常露面？」寧夏沒有把握，不曉得這種謊能支撐多久不被揭穿。

「之後我會騙他們說你去國外留學，所以不能碰面。先讓他們以為我有穩定的對象了，打消讓我相親的念頭。」易敬勳又一次低頭請求：「對不起，這個請求一定很冒失，但是我找不到其他信任的人可以幫忙了。我也不想為了矇騙父母，所以假意跟其他人交往。」

易敬勳對寧夏說完，接著再向東頤道歉：「對不起，我絕對沒有要介入你們的關係，我只是……」

「只是怎麼樣？」東頤質問。

「我想繼續當警察……這是我一直以來的願望，好不容易實現了，不希望破滅。」

本來都是抬頭挺胸的易敬勳，現在整個人肩膀都軟了，看起來疲憊無力，不知道受了多少家族的施壓。

東頤本來還對易敬勳有諸多反感，此刻都有些同情了。

現在這個頹喪無助的傢伙，跟那天站得挺拔、充滿剛毅氣質的警界明日之星完全不同。

「你是不是上次就想拜託我了？」寧夏問。

「對，但是我沒想到你有男朋友，所以說不出口。可是現在真的沒辦法了，他們的態度越來越強硬。」

「伯父伯母真的是很嚴厲很可怕。」寧夏心軟了，充滿同情。「只要一次就好嗎？」

「一次就好。」易敬勳的眼裡稍稍回復活力。「我也不敢請求你第二次。」

寧夏下意識看向東頤，確認他的反應。但是東頤什麼都沒說，也沒接觸寧夏的目光。

寧夏再三猶豫，最終心軟戰勝對東頤的那份顧慮。畢竟易敬勳是她從小一起長大的多年好友，何況只要那麼一次就好。

「我該怎麼做？」寧夏問。

易敬勳說出他的計畫：「我會安排飯局，帶你跟我爸媽一起吃頓飯，然後對他們偽造我們正在交往的事。我知道你討厭出門，所以會挑這附近的餐廳，然後衣服……你身邊有比較正式的衣服嗎？」

「我可以自己準備。」寧夏說：「只要這樣就好嗎？吃一頓飯，對伯父伯母說個謊？」

「說謊的部分由我來。」易敬勳嘆氣：「這樣就好了。謝謝你，寧夏。」

××××

易敬勳離開之後，屋裡又回歸慣常的兩人風景。

寧夏相當在意東頤的反應，在門關了以後，不斷盯著他瞧。

「你會不開心嗎？」寧夏問。

東頤還以跟平常一樣的燦爛笑臉。

「既然寧夏姐姐你都答應了，我開不開心都是其次了。」

「如果你真的、嗯……我也可以反悔啊，或是我叫小拼去幫忙，反正她更在乎模型，假扮這個不會受傷的吧。大不了、大不了最後你把我的一部分留給小拼，當成幫忙的謝禮。」

寧夏越說，腦袋越是混亂，都不明白自己在胡亂鬼扯些什麼了。

「不要緊，寧夏姐姐。」東頤說：「我很好，不用擔心我。我稍微去外面走走。」

在被寧夏叫住之前，東頤迅速離去。

×××××

胡亂兜圈的東頤來到中庭，突然站定，抬頭看著天空。

天空比想像中還要藍，藍得刺眼，藍得他無法直視。

啊，那個討人厭的警察，為什麼跟蟑螂一樣陰魂不散，踩不死啊？東頤的護食心態又一次出現，讓他必須外出冷靜。

「寧夏應該是我的才對啊。」東頤說。

「這不是素食鬼嗎？大白天在這裡罰站，還在做睡公園的練習嗎？」

精神飽滿的剁手抱著紙箱出現。自從酒會那晚摔傷腰之後，現在剁手的腰間都纏著護腰。

「你這次又要賣什麼？」東頤瞥向紙箱。

「客製化的情侶商品啊，有沒有興趣？可以便宜賣你，跟寧夏可以湊成一對喔。」

我跟寧夏姐姐不是情侶，東頤沒說出口，但寫在臉上大大的不愉快引起剁手注意。

「這是怎麼了？跟寧夏吵架了嗎？你們感情不是很融洽嗎，我都擔心最後你會下不了手。反正你也不是第一個對羊崽產生感情的殺人魔……不是有個叫什麼斯德哥摩爾還是詹姆士龐德症候群的，就是在說人質愛上綁匪。」剁手嘖嘖搖頭。「大家都很看好你跟寧夏修成正果咧，偷偷把寧夏拉來我們『這一邊』吧，加油啊素食鬼。」

「寧夏姐姐不會是我們這一邊的。」東頤自暴自棄：「我跟她就是不同世界的人。」

「這什麼話，好像什麼俗爛小說的對白，我跟她是不同世界的人？換句台詞吧。」

「你意見怎麼那麼多？」東頤不耐煩地說。

「素食鬼你今天的火氣很大啊，我那邊有降火的苦茶，因為太苦了賣不出去，免費送你要不要？」

「不了。你留著自己喝。」

「今天你真的不太對啊，發生了什麼事啊？是寧夏怎麼了對嗎？」剁手觀察東頤反應，然後露出賊笑：「我說對了吧？最近有個很帥很高的男生會來找寧夏，是不是正在交往啊？」

這句話戳到東頤痛處，讓他憤怒反駁：「不是交往，是假扮情侶！」

說溜嘴的東頤知道要糟了，沒想到一時不防，在最不該說溜嘴的住戶面前講錯話。

剁手一臉驚奇，體內的八卦魂旺盛燃燒，像是發現天大折扣優惠似地雙眼發光。

「原來是假扮嗎？來、來來，跟我分享一下吧？」

帶著鎖定獵物的兇猛鬥志，剁手就此纏住了東頤……

××××

赴約這一天，寧夏很早就醒了。

寧夏整夜沒睡好，在床上翻來翻去，

一想到要跟易敬動假扮成情侶，還要在伯父伯母面前演戲，就緊張得胃痛，好像誤吞一隻暴躁好動的青蛙。

終於熬到早上，寧夏頂著微微浮現的黑眼圈下床，站到衣櫃前，拿起為了今天準備的禮服端詳。是她最適合的黑，款式典雅，剪裁良好，可以充分顯露身材優勢。

寧夏拿著禮服的手在顫抖，深呼吸幾次平定心情，對自己加油打氣：「不要怕，寧夏，只是去見很多年沒見的伯父伯母。雖然他們很嚴厲很可怕，就吃一頓飯而已，很快就結束了。沒事、沒事啦……真的不會有事吧？」

寧夏換上禮服，在鏡子前反覆檢查，從嶄新的鞋盒拿出為了今天特別添購的高跟鞋。

「啊，好痛、好奇怪，這要怎麼走路？我忘了……」寧夏哀號，已經習慣穿舒適平底鞋的她，早已忘記高跟鞋有多折磨人。

練習了幾次，寧夏稍稍找回穿跟鞋的感覺，終於能夠順利走出房間。

令她驚訝的是東頤也換上外出服了。

「你也要出門？」寧夏問。

「嗯，對啊。」東頤搔搔頭。「寧夏姐姐你今天加油。」

東頤說完就匆匆離開，寧夏甚至來不及叫住他，只剩下滿滿的莫名其妙。

××××

寧夏跟著易敬勳來到「看見羊」餐廳，這間是社區附近最棒的餐廳，於是成為首選。

走在前頭的易敬勳率先開門，讓寧夏入內。兩個人都很緊張，易敬勳開門時甚至用力過猛，差點撞到門後準備接待的服務生，趕緊連聲道歉。

寧夏發現今天幾乎客滿，不知道是什麼特別日子？

走向座位的途中，寧夏好奇張望，雖然知道社區住戶常來這裡光顧，但今天多到不尋常，讓她有些不太對勁的預感。

寧夏與易敬勳接連就坐，這是一張四人桌，此時對面的座位還是空的，易敬勳的父母會在稍晚抵達。

這讓寧夏有喘息的機會，不必一開始就直接面對伯父伯母。

易敬勳向她再次做確認，討論接下來如何配合……寧夏邊聽，但因為緊張而心神不寧，視線不時亂飄。

這時，寧夏發現不遠處的一桌客人，整個人可以說是瞬間石化。

坐在那桌的不只是東頤，還有小拼、大廚、剁手、鋼絲……甚至還有鬼山，因為他實在太大隻了，得要另外坐一桌。

這桌熟識的親朋好友跟寧夏對到眼，罪惡感纏身的東頤馬上撇頭，盡量裝得無辜、裝得事不關己。大廚跟小拼則是親暱揮手，鋼絲倒是一臉幸災樂禍看好戲的嘴臉。

身為始作俑者的剁手燦笑，對她豎起大拇指。「別擔心，我們都是來幫你加油的！你看，社區有空的住戶都來了！」

小拼跟著說：「寧夏不怕！『我們』都是站在你這邊的！」

——加油？什麼鬼東西？今天幾乎客滿就是這原因？

——這到底是什麼狀況！

表面上強裝鎮定的寧夏，在心中放聲慘叫。

第十八章　絕對不是拉肚子那麼簡單

一對老夫婦相偕走進「看見羊」餐廳，衣著雖然樸素，但是材質與剪裁都非常良好，可以知道要價不便宜。

他們看上去低調樸實，像是隨處可見的老人家，不過仔細一看，會發現氣質跟尋常路人並不相同。

始終注意門口的易敬勳立刻站起，向老夫婦招手。緊張的寧夏也是盯著門口不放，易敬勳一有動作，她也趕緊起身，對老夫婦點頭致意。

老夫婦帶著笑，來到寧夏這桌。易敬勳替他們拉開椅子，招呼入座。

「爸、媽，這是寧夏，你們還記得嗎？」易敬勳介紹。

寧夏再次點頭致意，立即問好：「易叔叔、阿姨，好久不見。」

伯父笑得慈祥：「好、好。」

伯母也稱讚：「寧夏長得越來越漂亮了。」

寧夏臉紅地說：「伯父伯母客氣了。」

「來，都先坐下吧。這是菜單，看看要吃什麼。」易敬勳率先翻開菜單，介紹著：「這間餐廳是寧夏推薦的，是評價很好的一家店。一定會合你們的口味。」

老夫婦看似端詳菜單，心思實則在對話上。

伯母摀嘴呵呵笑：「看你們小時候玩在一塊，現在竟然湊成對了。敬勳跟我說的時候，我嚇了好大一跳，從兩小無猜變成情侶，真是讓我出乎意料。」

「這也能算是一番佳話？寧夏的家世背景跟我們家可以算是門當戶對，思想跟觀念上不會有太大隔閡。」伯父說。

易敬勳馬上接話：「寧夏真的很適合，我找不到比她更好的人了。」

這話一出，先別提寧夏耳根子紅了，現場客人都是譁然，尤其是東頤那一桌反應最激烈，小拼嚷著：「這是什麼韓劇告白的片段嗎？」

鋼絲壓抑住尖叫，「好大膽的直球，羞死人了。」

東頤則是面無表情，額頭隱隱冒出青筋。

發現鄰桌的騷動，易敬勳困窘地搔頭。「是不是我說得太大聲了？」

「你這個孩子啊，興致一來就容易激動。」伯母搖頭。

眾人談笑之間，餐點開始上桌。易敬勳的父母優雅從容地品嚐食物，但他吃得倒是極快。

這下子伯母又有話說：「吃慢點，忘記你腸胃不好？要好好細嚼慢嚥。」

「值勤習慣了，都吃這麼快。」易敬勳像個開朗的大男孩，咧嘴笑，再叉起一塊切好的牛排往嘴裡送，吞下肚之後他稱讚：「這裡的東西真好吃，爸、媽，你們都滿意嗎？」

「挺好的。」伯父慢條斯理地切開牛排，沾過特製醬汁，放進嘴裡咀嚼。

「不知道這個醬汁的祕方是什麼？從沒吃過這樣的味道。」伯母欣賞地說。

寧夏默默吃著自己的餐點，特別注意禮儀，把最優雅端莊的那一面表現出來，即使不是為了幫易敬勳演戲，面對伯父伯母的氣場，也讓她自動假裝起來。

她明白伯父伯母的種種嚴格要求，儘管乍看是慈祥老人，但也僅是表象。

寧夏躲在社區生活久了，突然這樣一板一眼真是不習慣，挺直的腰都痠了，肩膀也難以放鬆。好好的一頓飯，吃起來都不怎麼美味。

「啊。」易敬勳突然放下刀叉，臉色有些難看。

「你怎麼了？」寧夏低聲問。

易敬勳的異狀沒逃過伯父伯母的眼睛，他們一副了然於胸的樣子：「肚子不舒服了對不對？就跟你說別吃這麼快。」

「我……唉。抱歉，我很快回來。」易敬勳抱著肚子，匆匆離開。

××××

易敬勳因為腸胃不舒服暫時離席，現場就剩寧夏單獨面對他的父母。

一直陪笑的寧夏發現伯父伯母的態度開始轉變。

首先是伯母，儘管維持跟剛才一樣的親切笑容，但氣氛已經不對。伯母說：「寧夏啊，我知道你跟我們家敬勳從小一起長大，認識很多年，所以你也應該很了解他。」

寧夏聽著，點點頭。

「敬勳太容易為別人著想了，也習慣感情用事。讓我非常操心。」伯母說。

伯父接著說：「其實我們已經幫他看好對象了，非常優秀，在國外留學拿了好學位，回到自己家的公司也做出不錯的成績。我們家敬勳遲早要回來家族接棒，需要一個態度夠堅決的，聰明獨立有主見的妻子，可以好好勸他，也能在事業上輔佐他。寧夏，你覺得你能勝任這個任務嗎？」

「這個……」寧夏被問得語塞。只是演戲的她從沒想過要扮演伯父口中的角色。

「不是要故意拆散你跟敬勳。」伯母看似緩頰，但另外有話：「你有沒有思考過，你跟敬勳應該有各自更適合的對象吧？敬勳那孩子閒不下來，又喜歡往外跑。你那麼文靜，受得了他嗎？」

我最近都有規律運動了！寧夏想反駁，但礙於伯母笑面虎的氣場太強大，讓她把話都吞了回去。

伯父繼續接力：「寧夏，伯父沒別的意思，這件事希望你慎重思考。你有傷人的前科，雖然是意外，但敬勳接管公司後，做為主管的他如果妻子有前科，這消息傳出去不管是對敬勳、還是對公司的名聲都不太好。」

寧夏愣住，她知道今天多少會面對各種挑剔，但沒想到伯父會故意提這個，簡直是故意揭穿瘡疤。

「是啊，這會變成醜聞，會影響公司跟我們家族的形象。股東們一定有意見，會讓敬勳難做人，沒辦法交待。」伯母又說：「你真的了解我們家敬勳嗎？他腸胃不好，看他吃這麼快，你怎麼沒提醒他？瞧，現在人都還沒回來，不知道是不是很嚴重？你若要跟敬勳一起生活，還有很多地方得好好注意才行。」

伯父嘆氣：「唉，這要怎麼讓人放心。」

寧夏在心裡喊冤，易敬勳腸胃不好、喜歡吃那麼快又不是她的責任。也不看看易敬勳是誰的孩子！還不是面前這兩老的責任！

「寧夏啊，你家世確實不錯，跟我們家挺匹配的，也是個好孩子。」伯母說：「但是就這些事情，你還得好好想想。為人父母的，難免希望自己孩子別被拖累。」

殺人魔們聽到這對老夫婦明裡暗裡對寧夏種種挑剔，心裡都不是滋味。鋼絲氣得咬手帕，從齒縫迸出幾句話：「急死人了，快點反擊啊寧夏，讓人家這樣數落好嗎？你是那麼棒的女孩子。你有傷人前科？那趕快把這兩個老人宰了，我會幫你收拾善後！還能順便加入『我們』這一邊。還是要人家動手？啊，誰來攔住人家！人家要受不了了。」

「是啊，寧夏你就來『我們』這邊吧，當個正直的殺人魔，不要跟那些笑嘻嘻的偽君子攪和。哼，可惜老人的拼圖零件不好用，組合起來太醜了，弄到手只能報廢呢。」小拼憤怒地用叉子戳著面前牛排。

「可惜了，我不收垃圾做肉醬。」大廚說得淡定，但眼裡冒火。

鬼山沒說話，但是手中的塑膠杯被捏爆了，水灑了出來，滴得滿桌，而他無心擦拭。

最急最氣的還是東頤，他才不管易敬勳的父母是什麼來歷，跟寧夏又有什交情，這些都是無關緊要的屁事，重點是不該這樣數落他的寧夏。

他必須做些什麼。

東頤突然抱著肚子，默默蹲下，發出痛苦的叫聲。

這個舉動嚇到了同桌的殺人魔，紛紛關心他的狀況。

「我好像吃壞肚子了。」東頤痛苦地說。

寧夏雖然被數落得心慌，但也惦記東頤那桌，現在看他突然不對勁，不免分心，擔憂起來。

伯父伯母順著寧夏的目光看來，不斷搖頭：「現在的年輕人真不懂好好照顧自己，連身體都顧不好。」

東頤抬起頭，故意對上伯父伯母的視線。「是啊，連身體都顧不好，跑到廁所就出不來了，是不是掉到馬桶了？」

伯父伯母表情微變，知道這年輕人話中有話。

東頤繼續補槍：「年紀不小了還不會好好照顧自己，還要爸媽擔心，不知道是長不大，還是媽寶啊？」

就某種程度來說，東頤根本是局外人，不用顧慮易敬動會被逼著相親，也不擔心惹怒易敬動的父母。

甚至可以說，素食鬼的目的就是氣死這兩個老人家。

反正少了易敬動，讓這一家人不再跟寧夏來往，對東頤反而是好事。

有了東頤開第一槍，嘴賤的鋼絲蠢蠢欲動，馬上跟著演戲，假裝擔心地詢問東頤：「你都還好嗎？要不要我聯絡你爸媽，讓他們也出來說說話？」

伯父伯母瞬間明白，這些陌生人都是刻意要給他們難堪的。

面對社區住戶群起圍攻，寧夏知道這些不能跟常人相提並論的傢伙火力強大，只憑她一個根本無法阻止。

面如死灰的寧夏突然驚覺，既然無法控制事態發展，乾脆隨它去吧。

她叉起薯條，沾了黃芥末醬，專心咀嚼。

薯條還是一樣好好吃……她雙眼含淚，自暴自棄地讚嘆。

××××

腹痛的易敬勳衝進了廁所，直奔馬桶間。

他迅速解開皮帶、脫下褲子，坐在冰涼的馬桶座墊上。這一步驟的啟動訊號，讓腸胃不再克制，腹部一縮一抽，盡情解放。

撲通、撲通，糞便落入馬桶，濺起水花。即使是高富帥，排便的過程與普通人沒有不同，廁所無可避免地瀰漫臭味。

解除了最急迫的腸胃壓力，易敬勳舒緩嘆氣，安心下來，接著就是緩慢排出的過程。他看著面前的門板發呆，讓緊繃的腦袋有喘息的空間。

面對逼婚的父母所演的這場戲，殺死了易敬勳不少腦細胞。更讓他突然興起一股不想離開廁所，不要回到餐桌面對這些困境的念頭。

這個安靜的馬桶間，突然成了他避世的小小桃花源。

又是嘆息。

在嘆息之外，易敬勳聽到陌生的、斷斷續續的哀號。

易敬勳專心細聽，本來以為是有人腹瀉肚子絞痛才呻吟出聲，但好像不是這麼一回事。

那是隔了一道牆傳來的聲響，似乎是因為共通的環境引起的聲音共振。

在呻吟之後，是無法忽視的慘叫，讓易敬勳心中一凜，警察的直覺讓他知道事情不單純。絕對不是拉肚子那麼簡單。

易敬勳迅速抽了幾張衛生紙，擦乾淨屁股後立即穿回褲子，離開廁所。他試著找到那道牆後面是什麼地方，依著相對位置摸索，發現竟是廚房內場。

會不會是廚師切菜時誤傷自己，所以才發出慘叫？易敬勳猜測。這時他發現內場竟然沒什麼人，在這種近乎客滿的時段，照理說應該像戰場般混亂忙碌。

易敬勳貼在門口旁，稍稍掀開門簾，窺探內場的動靜。

就在這樣的突然一瞥間，他看到有一團肉色的東西突然閃過，被拖進內場的轉角，同時殘留一道血跡。

那是什麼？易敬勳打算偷偷跟在後面弄清楚，但聽到餐廳內傳來憤怒的斥罵。

「你們這些不懂禮節的，請問我是哪裡招惹你們？你是這裡的主廚吧？怎麼顧著看戲？放任客人爭執不處理，這就是你做生意的方式嗎？」

那聲音對易敬勳來說，熟悉到不能再更熟悉了。

是他父親的聲音。

是出了什麼事能讓父親如此暴怒？易敬勳顧不得多想，馬上轉身跑回餐廳，恰好撞見餐廳主廚飽飯對雙親冷嘲熱諷。

「我這家餐廳是賣吃的，又不是做調解服務的。老伯，你是文盲還是眼瞎？」飽飯手裡揉著廚師帽，不屑地撇嘴。

不只如此，易敬勳還發現很多客人都站了起來，紛紛鼓譟，有人嘲笑、有人歡呼，有人得勝般氣燄高張。作為全場焦點的父親則是成了被圍攻的對象。

他的父親被氣得說不出話，母親則是連連搖頭：「這間店怎麼這樣子，不來了，絕對不會再來了……」

「我也不想做你們生意。這餐算我請的，快滾吧，別髒了我的店。」飽飯哈哈大笑。

「哼！」伯父氣得拍桌，摔門離開。

寧夏發現易敬勳回來，試著解釋：「小勳，對不起，伯父伯母他們……」

「沒關係，我去看看！」易敬勳匆匆追了出去。

趕跑了易敬勳一家，店裡的殺人魔們大聲歡呼，紛紛舉杯慶祝。

「呵，敢糟蹋我們家寧夏，真是欠罵。」鋼絲說。

寧夏不想管了，只瞪向東頤，對他說：「你又欠我一攤酒了。這次最好是找到超級棒的酒吧，不然我不會原諒你。」

「那有什麼問題呢？」東頤燦笑，也加入乾杯的行列。

第十九章　社區全員逃走中

飽飯被逮捕了。

是易敬勳帶著警察上門，當場查獲放在湯鍋燉煮的人肉，以及放在廚餘箱的人骨與指甲。

至於這個情報，則是八卦大聲筒剁手帶回社區的。

飽飯被捕的消息在社區傳開的隔天，各家媒體開始搶著報導，瞬間充斥各大版面：『破獲人肉餐廳，警方逮捕嗜血主廚。』、『噁心！活宰人肉入菜，客人全部吃下肚！』、『黑心餐廳販賣人肉，下場曝光。』

喜歡餵屎的新聞製造業當然不會放過農場標題：『這家店加了「這樣東西」，嚇壞無數老饕。』、『吃到人肉怎麼辦？專家曝做這三件事……』、『網友熱議，認清「1關鍵」避免誤食人肉。』

其中一家新聞台的訪問片段，甚至還出現剁手。他在鏡頭前感慨：「這間店的菜很好吃啊，很有水準，沒想到廚師是殺人魔，唉……」

剁手說得事不關己，好像自己清清白白，不認識什麼殺人魔似的。

剛好路過的小拼也被記者逮到，一臉沒睡醒的她手上還拿著剛買來的咖啡。面對眾多攝影機與戳來的麥克風，腦袋空白的她大喊：「吉翁萬歲！」然後就跑掉了，留下困惑的記者們。

××××

東頤關掉電視，停止這些鬧哄哄的噪音。

「剁手一定是故意跑回去的！」東頤斷定，這個愛湊熱鬧的八卦大聲筒，果然回到現場看戲，還不甘寂寞刷了存在感。

坐在一旁的寧夏愧疚地抱頭，直說：「是小動抓的。我不該答應約在那間餐廳的，是我害了廚師……」

「你不要自責。是飽飯太不小心了，不該把那麼多證據放在廚房。」東頤倒是無法同情。「他屠宰羊崽的方式也太囂張了，被發現是遲早的事。」

寧夏還是聽不進去，一股勁自責，於是東頤去酒櫃拿了琴酒，倒了一杯給她。

寧夏內疚歸內疚，本能仍在，老早就嗅到酒香，自動接過遞來的酒杯，一口喝乾，然後把空杯伸向東頤，後者立刻明白，馬上再添了滿滿一杯。

寧夏接連喝了幾杯，心情才稍稍舒緩了些。

「東頤，現在該怎麼辦？」

「先觀察吧，不要輕舉妄動。」

這只是剛開始，不安的氛圍在社區中瀰漫。

本來若是飽飯單純被捕就罷了，現在鬧上新聞，這間強迫停業的人肉餐廳瞬間變成知名景點，除了記者，還會有湊熱鬧的民眾在社區附近徘徊，站在餐廳前拍照打卡。

這讓想低調生活的殺人魔們大感困擾。

住戶們還從任職警察的殺人魔那邊得知，易敬勳不僅是逮捕飽飯，還對這個社區起疑了。畢竟飽飯同樣住在這個社區，鬧出的人命不只一條，讓易敬勳懷疑有共犯。

據說警方準備採取後續動作，可能成立專案小組調查，也試圖從飽飯那邊得到更多線索。

住戶們開始商量，是否該搬走避風頭？

東頤也在思考同樣的問題。已經不適合在這裡殺死寧夏了，需要尋找更安全，而且不會被打擾的地方。

只是沒想到，第一個搬走的會是大廚。

大廚來告別的這天，他拎著行李箱跟一個小紙袋，站在門口與寧夏和東頤做最後的閒聊。

「我相信飽飯不會供出我，但是寄放在他餐廳的肉醬畢竟是我做的，我還是先離開比較好。雖然這裡的住戶有法官，面對殺人案件都會輕判，更保證不判死刑。但我不想賭，能不被抓到、不被懷疑最好。」

「大廚先生，你突然搬走不是更令人起疑嗎？」寧夏問。

「關於這個，我想好理由了，如果被盤問，就說因為鄰居是殺人犯、經營人肉餐廳，覺得太恐怖才決定趕快搬走。這樣很合理吧？」

「還算能接受。」東頤聳肩。「真可惜，要這樣說再見了。」

「以後還會在什麼地方見面的。寧夏，保重，你現在跟當初入住時很不一樣，這樣的轉變讓人開心。是不是有什麼困擾你的問題被解決了？還有素食鬼，希望你能堅持自己的信條，即使在我們之中，你也是特別的存在。」

大廚伸出手，與東頤還有寧夏握手道別，然後提起手上的小紙袋。「最後，你們願意收下我做的肉醬了嗎？」

寧夏露出尷尬不失禮貌的微笑，不忍心拒絕。

東頤則是乾脆多了。「雖然是那麼感傷的場面，但還是抱歉了，大廚大叔啊，這個真的辦不到。」

大廚勉強擠出的笑容倍感滄桑，彷彿再老了幾歲，風一吹就要化成灰飛散似的。

×××××

大廚搬走後，像是開啟了某種開關，帶動住戶的搬離潮。沒有人想冒風險留下來，這個社區畢竟離餐廳太近，主廚飽飯又與社區的關係太密切。

禮拜四清運日因此大爆滿，住戶們急著把手邊的羊崽殘骸處理掉，堆出一座小屍山。

寧夏住的這棟樓陸續空了，落入夜晚時，以往寧靜平和的社區現在只剩令人不痛快的沉悶死寂，亮著的燈越來越少，就連白天都顯得冷清。

然後小拼也來拜訪了，她推著放滿行李箱的推車，看起來病懨懨的。

寧夏門一開，小拼就打了噴嚏，虛弱地說：「搬家好痛苦喔，我好後悔買那麼多模型跟工具……」

「你也要搬走了？」寧夏失落地問，思考挽留的可能。

小拼是她少有的女性朋友，雖然為人大剌剌的，有點粗神經又不修邊幅，不過是個開朗又可愛的女孩子。

小拼個性其實還不錯，寧夏這樣想，又忘記了這裡的住戶都是殺人魔，以及小拼擱在冰櫃的人體殘骸。

「對啊，我不太會說謊，懶得思考太複雜的事情。如果警察找上門，我一定馬上露餡被抓。只好先躲起來了。」小拼用手背擦了鼻子。「不要這個表情嘛，我看了也會難過。」

寧夏吸了吸鼻，哽咽地說：「都是我害了大家，如果不是因為我，我的朋友就不會來找我……這個社區就不會被懷疑了，大家都能繼續住在這裡。」

「不是你的問題啊，寧夏。我們這些住戶早就有心理準備了，誰都知道可能會在某一天不小心被發現，然後開始逃亡生涯。這是殺人魔必備的心理素質。只是搬家而已，小事啦。」小拼拍拍寧夏的肩，突然蹲下，就地打開行李箱。

「在哪裡啊？我記得是放在這一箱啊……有了有了，在這裡。」蹲下的小拼翻出一盒鋼彈模型，塞進寧夏懷裡。

「這隻是什麼？」寧夏紅著眼睛問。

「你之前不是挑到有天使翅膀的鋼彈嗎？這個跟它的名字一樣，都叫零式，只是登場的動畫版本不同，所以機體不一樣。硬要說的話也能算是同一隻啦。這盒送你了，要好好組裝喔。啊，還有這個。」小拼另外翻出一隻斜口鉗。「這是更棒的斜口鉗，也送你了。」

「我會好好珍惜的……」寧夏哭出聲。

「不要這樣啦寧夏，我不擅長說謊，也不會處理分別的場面啦，這個比組模型困難太多了，我真的不會！嗚！」小拼也哭出來，兩個女孩子抱在一起哭。

東頤只有站在一旁，默默守護的分。

整理好情緒，寧夏與東頤一路送小拼到社區出入口，發現小拼不是今天唯一要搬走的住戶，途中陸續看到幾個抱著搬家紙箱或是拖著行李箱的住戶。

連剁手也在，他看到寧夏跟東頤，一邊大喊一邊跑過來，從懷中紙箱翻出一袋蜜餞。「這是我最愛吃的情人果，今天跳樓大拍賣，老闆免費大放送，給你們當離別禮物。」

寧夏接過情人果，沒想到愛錢又熱愛八卦的剁手也要離開了。

「那我呢？」小拼問。

剁手當摸彩般亂翻一通，從紙箱掏出另一包零食。「這個給你吧，是洛神乾！」

「啊我討厭洛神乾，形狀看起來好詭異，可不可以換一個？」

「那你跟寧夏換。免費的不要挑那麼多！」人嗓門的剁手說：「反正你們有我的聯絡方式，想買什麼都可以下訂單，都會幫你們弄到的。雖然不是鄰居了，但還是會給你們甜甜價。」

剁手帥氣揮手，「再見啦，我是再買就剁手的剁手！」

「送我到這裡就好了，這包洛神乾給你好了，我不敢吃。」小拼接著道別。

目送兩名住戶離去的寧夏，突然有了曲終人散的剝奪感，往昔的美好時光在短短幾日之間崩塌，像散落難以找回的拼圖缺塊，就此不能完整了。

寧夏很快地回到屋裡，想避開空曠無人的走廊，以及空洞迴盪的自己的腳步聲。

她坐下，陷入沙發。曾經幾天前還在這裡開了熱鬧的酒會，現在卻少了幾人，彷彿那晚只是個虛妄的夢境似的。

東頤沒隨她一起坐下，而是另有打算。

「寧夏姐姐，準備一下吧。我們離開這裡，暫時在外面找旅館住。」

「離開？現在？」寧夏瞥頭看往東頤，壓在沙發的耳朵刺刺癢癢的，很不舒服。她記得這張沙發本來都很舒適的。

「雖然不甘心，但這裡不安全了。」東頤仔細地說：「這些家具都可以不要，帶必要的東西就好，還有換洗衣物。」

寧夏默默聽著。

收拾東西時，寧夏環顧屋裡。這不到一個月的時間雖然短暫，但累積了很豐富，而且從未想像過的經歷，也跟東頤建立了很多回憶。

寧夏拿起鯊魚娃娃，是東頤雷雨天抱在懷裡的那一隻，她捏了捏鯊魚娃娃，想起小拼強塞這隻給她的時候，還有連同大廚去賣場挑家具的時候、接受肌肉鬼山的訓練的時候、被剁手的大嗓門嚇到的時候、突然收到鋼絲的道歉禮物的時候……

她更忘不了，一群人聚在一起喝酒的時候。

「東頤？」

「怎麼了？」

「可不可以等到風頭過去，大家重新聚在一起之後，你再履行約定？」寧夏小心地問，深怕東頤失望，但是她滿腦子都是想著如何再次重聚。

她的請求瞞不了心思細膩、眼光銳利的素食鬼。

東頤也放下手邊東西，來到她面前，距離很近，近得雙方都逃不過彼此的表情變化。

寧夏下意識迴避，是心虛與愧疚的表現。

「你不想死了，對不對？」東頤問，那是平靜得讓寧夏哀傷的語氣。

寧夏不願意對他說謊，選擇更深的坦白：

「跟社區住戶相處的時候，我得到很多啟發……過去從來沒有這樣。我好不容易可以正視自己了……我一直否定自己，把自己給困住了。」

「你的心結解開了。」東頤嘶啞地說。

本來寧夏預期東頤會有劇烈的反應，像是大廚提議她到他們「這一邊」來的時候，東頤如同護食的狼那般凶狠猙獰。

現在跟她預期的完全不一樣。她更寧願東頤能夠把憤怒的一面釋放出來，比如罵她說謊、不守信……甚至打她也沒關係，儘管她很怕痛。

這不是寧夏有受虐傾向或是作賤自己，是因為太在乎東頤，而且無法承受自己毀棄約定，所以甘願承受肉體上的痛苦，藉此減輕罪惡感。

但是東頤什麼都沒做，只是站在她面前，用一種虛無的眼神穿透她。好像她已經不在他面前，他的眼裡看往很遠的、沒有她存在的地方了。

那會是什麼樣的景象？她並不明白。

東頤伸出手，發涼的指尖輕輕戳上寧夏的臉頰，刺出小酒窩。

「素食鬼是……」東頤說：「只殺想死的人的殺人魔。你不想死，我就不能碰你了。」

寧夏自己也說不上來，回神時已經拉住東頤的衣角。「你是不是……」

「我沒有待在你身邊的理由了。」東頤給了她苦澀的微笑。「我其實早就看出你變得不一樣了。雖然我不知道那是什麼，但是讓你想死的理由已經消失了。」

「怎麼會？你還是可以留下來，我沒有不想死，只是、只是期限拉長了……總有一天，你一定可以……」

東頤往前一站，打斷了她，並且給了她很短暫的擁抱。

寧夏甚至來不及抱住東頤，他已經輕飄飄退開。

「再見，寧夏姐姐。」

××××

東頤不只離開與寧夏同居的租屋，還接著離開社區。

路過「看見羊」餐廳時，那裡圍觀的凝事民眾，其中一人還試圖叫住東頤，請他幫忙拍攝合照。

東頤當沒聽見，直接走開。

他失去了好多。

現在只想離社區越遠越好。

捨不得，真的捨不得。但是東頤認為寧夏這樣坦白很好，解除了他與她的約定，以及加諸的制約。

因為當素食鬼發現的時候，他已經捨不得殺死寧夏了。這違背了他的殺人魔信條。

這是有生以來第一次，對人產生了這樣的情感。素食鬼不知道該如何處理，在日常嘻嘻哈哈的偽裝背後，是找不到答案的不知所措。

重點是，他自認無法留在寧夏身邊。

「我是殺人魔啊，寧夏姐姐跟我在一起不會幸福的。還可能拖累她。」

最後素食鬼的選擇只剩一個——獨白離開。

離開寧夏身邊，離開有她在的地方。

第二十章　養羊人

東頤到處流浪，日子用失序的速度流逝，時而緩慢，時而迅速，他像是漂流在河中的樹葉，被來回拍打，載浮載沉。

不斷移動的東頤從這座城市，到另一座城市，步行或乘車的方式皆有。與寧夏分別後，他去了好多地方，轉換地點的頻率比遇到寧夏前更頻繁。

這並非為了獲取新的羊崽。相反的，他不再尋找羊崽了。

在寧夏之後，東頤放棄了擁有新羊崽的念頭。

或許是一種情感潔癖，也或許是一種忠誠。更或許，是他單純的傻。

總之，名為素食鬼的殺人魔，失去了殺人的念頭。

他慣用的兩把小刀在這段日子沒有露面的機會。冰冷的刀鋒在陰暗的藏身處，靜靜地不發出一點光。

在離開社區一段日子之後，對於現在的素食鬼而言，比起知道誰想死、誰能殺，他更想知道叫做寧夏的羊崽最近過得好不好？

當初沒有留下聯絡方式，是他天真以為與寧夏相處的日子就那麼短短一個月，不會有額外的發展。

偏偏這次要認栽了。

他差點連自己的殺人魔信條都要捨棄了。

×××××

東頤走走停停，不知道去哪的時候，就往醫院跑。

他並沒有生病，身體可以說是健康到毫無缺點。這僅僅是因為過去的習慣使然，醫院是素食鬼尋找羊崽的獵場之一。

醫院時常跟菜市場一樣熱鬧，尤其是在人口密集的都市更是如此。

經過領藥區，東頤看到排隊的老人們取走一堆藥袋。那分量讓他看了咋舌，都不曉得要花上多久才吃得完。

就東頤的觀察來說，人到了某個歲數之後，似乎不留一堆藥在身邊便不放心，總要從醫院拿回大大小小的成疊藥袋，當作保命符。

醫院擁有標誌性的氣味，不僅僅是消毒水，在冰冷的空調裡，東頤常嗅到另一種味道——衰老以及病痛的惡臭。

東頤在候診區坐下，鄰近有不少老人，特徵大多是一樣的——褪去黑色的花白頭髮、乾癟暗沉的皮膚，以及肉眼清楚可見的皺紋。

一雙雙失去生氣、流淌著分泌物的無神眼睛，彷彿這些佝僂的衰老身體是徒具外形的空殼，早已沒了靈魂與更深層的核。

以往東頤會仔細觀察，找出不堪疾病折磨，或是不受家人關愛所以鬱鬱寡歡的老人。這些人最容易成為素食鬼專屬的羊崽。

素食鬼只殺想死的人，想死的人需要解脫，形成互利關係。

但是現在的素食鬼不再觀察了，只是坐著，讓視線放空，任憑人們從他眼前來來去去。

他時常在想，醫療的進步與壽命的增加，更多程度是在延長人類受苦的時間。

安樂死在這座小島還沒合法，到國外執行的開銷也不是一般民眾能夠輕易負擔的。於是很多疾病纏身飽受折磨的病人只能繼續承受，在死亡或渺小的痊癒希望之間來回擺盪，看是先抵達哪一邊。

哪一邊？

東頤離開座位，想找點喝的。來到醫院附設的美食街，他乍看還以為身在百貨公司裡面，因為用餐或閒逛的病患與家屬讓這種地方變得相當熱鬧。

莫名其妙的狂歡，東頤獨自走過喧囂吃食的群眾，經過看診區、繞過病房，回到醫院的出入口。

不再尋找羊崽的素食鬼離開醫院，背離衰老與不可避的死亡。

×××××

獨自漂泊的日子太漫長，流浪的殺人魔差點被寂寞殺死。

後來終於忍耐不住，東頤來到當初與寧夏相遇的酒吧。經過這些日子，酒吧依然沒變，相異的是寧夏不在當初他遇見她的那個位子上。

於是東頤點了那時寧夏喝的酒，坐在她當時的位子。

只喝了一口，東頤就嫌平淡無味，放下杯子，獨自發呆。與寧夏相處的點點滴滴，像泡泡一般從記憶之海的深處浮上，挾著各種情緒。有開心有失落，有憤怒有混亂，都是那段同居日子的濃縮。

在東頤陷入回憶時，有人來到桌邊。他從視線餘光瞥見了，抬頭一看。

這一看，讓東頤錯愕地睜大眼，怎麼會有如此巧合的事？

「嗨，好久不見。」

那人打招呼。

東頤調整驚訝的情緒。

「大廚大叔，你怎麼會在這裡？你不像是會流連酒吧的人……最近過得還好嗎？有被警察注意到嗎？」

面前的大廚仍是習慣的灰色襯衫打扮，還有飽經風霜的滄桑感。

「真是太久不見了，差點認不出你。」大廚拉開椅子坐下，還以欣慰的笑容。「放心吧，一切都很好。你說對了一件事，我沒有上酒吧的嗜好。」

「那你怎麼會在這裡？」

「為了找你。這些日子到處在找你。」

「找我？」

「有個東西想讓你看看，非常不得了。」

說到大廚，東頤立刻聯想到那樣物品。「如果是肉醬就免了，不管做得多好，都不在我的狩獵範圍。那實在太葷了。」

「相信我，跟我走一趟是值得的。現在太晚了，不是好時間。明天早上一樣這裡見。我會開車來接你。」

「你堅持？」

「這東西一定要讓你好好看看才行。非你不可。」

東頤心急追問：「跟寧夏姐姐有關？別賣關子，現在就告訴我吧。」

「明天早上見。」大廚補了一句：「放心吧，絕對不會讓你失望。」

大廚走了，留下獨自困惑的東頤。

×××××

這一晚他不斷想像寧夏的近況。在不想死之後，她過得好嗎？現在變成怎麼樣的人了？反覆的疑問與猜想，幾乎塞滿了東頤的腦袋，讓睡意無從入侵。最終他徹夜未眠，一早便來到酒吧前等待。

東頤既想弄清楚大廚究竟在賣弄什麼祕密，又渴望得知寧夏的任何消息。

他不時看著四周，等待大廚現身。

在即將來到九點時，一台陌生的車緩緩駛近，東頤自動警覺起來，幸好車窗降下後是熟人的面孔。

「大廚，你連車都換了？」

「保險起見，搬離社區時我換了很多東西。來吧，上車。」

東頤坐上副駕駛座。待他繫好安全帶，大廚立即踏下油門出發。

一上車，東頤便著急詢問寧夏的下落。大廚沒答，這次換他當那扇敲不開的門，只是安撫東頤，說是抵達到目的地就會明白了。

東頤耐著性子等待，儘管焦躁不安得猶如火燒。

街景沿路流逝，髒灰色的水泥樓房漸少，舒緩眼球的綠色植物多了起來。車子開往近郊。

東頤猜想大廚要帶他去什麼地方？是肉醬工廠？又或是寧夏的新居？

車子在一座陌生的社區前停下。不新不舊，在早晨明亮的陽光裡，看起來充滿生機。

「這是你的新家？」東頤不明白，這跟寧夏有什麼關係？

「是啊，歡迎你住下來。」

東頤皺眉。「抱歉了，我不喜歡肉醬，也沒有跟男人同居的喜好。」

「我的意思是……」大廚無奈解釋：「這裡還有很多空屋，你可以挑一戶。」

「不了，我暫時不打算停下來。今天是來敘舊。」東頤追問：「快點告訴我寧夏姐姐的消息。」

「跟我來。」

大廚招招手，東頤隨他走進社區。

幾個住戶迎面而來，東頤覺得莫名眼熟。再走了一段路，竟然碰見剁手。

「啊！素食鬼！你終於也來到這裡了。」剁手仍然是熟悉的大嗓門，以及擺脫不掉的油膩業務氣質。他翻出一張團購單，塞給東頤。「有新貨啊，想買什麼隨時找我。一樣是甜甜價。」

「怎麼會？」東頤納悶。「真的不是我看錯，這些都是熟面孔。」

東頤繼續跟著大廚走，經過社區的健身房時，發現裡面有一座難以忽略的壯碩肉山。

「連鬼山都在？」東頤越看越吃驚，隨著陸續遇見更多熟悉的住戶，東頤終於弄明白了。

——這裡住的都是當初的社區住戶。

「你要我看的就是這個？是你把住戶都集合起來嗎？」

「不是我，是寧夏。」大廚說明，「她不只把住戶們都找回來，為了讓住戶們安心居住，她買下整座社區。」

「你說什麼？」東頤得確定沒有聽錯。「整座社區？這裡？」

「寧夏似乎很執著當時的社區，所以想要再次重現。」

東頤環顧一圈，這樣的佔地範圍與規模，即使他無法估算詳細的數字，但也知道一定非常貴。在這種政客們擁有多筆房地產、政府帶頭鼓勵炒房的荒謬小島，沒道理會便宜到哪裡去。

東頤還想追問，難道整座社區都是凶宅所以便宜出售？如果鬧鬼怎麼辦？話還沒脫口而出，他先意識到這種想法未免太蠢，殺人魔常與屍體作伴，就算有鬼又如何？

不、不，東頤連連搖頭，這些並非重點。他不在乎。寧夏呢？寧夏在哪？

「寧夏的家世非常驚人。」大廚淡淡地說，其中帶著些許欽佩。「她太平易近人了，讓人想都想不到。」

「她也在這裡嗎？」東頤急了。

「當然了，她是這座社區的主人，也不只是這裡的主人。」大廚以別具深意的口吻說：「我們對於寧夏的認識太片面了。現在的她更真實了。」

「什麼意思？」

「跟我來。」

大廚帶著東頤走向社區的更深處，有幾名住戶跟了過來，是剁手帶頭的。東頤看到是這個八卦大聲筒，可以想像絕對是這傢伙散布消息，說素食鬼來了，才會引來一堆看戲的住戶。

有顯眼的粉橘色頭髮混在住戶裡頭，東頤瞄一眼就知道是小拼。另外還有化著大濃妝的男大姐，不用說一定是鋼絲。

至於落在人群後面，那難以忽視的龐大體積……東頤不明白，怎麼連身為健身房地縛靈的肌肉鬼山都來湊熱鬧？

大廚帶著東頤走向一棟樓的地下室，氣氛逐漸不對，連空氣瀰漫的氣味也變得複雜。好像誤闖驚悚片的場景。

寧夏為什麼會在這種地方？東頤回頭，看見跟隨而來的群眾，有一種妖異的邪教感。

「到了。」大廚推開一道鐵門，內裡的空間無比明亮，甚至可以說是刺眼。

東頤傻住，對於眼前所見無法置信。

在燈下的，是一座大鐵牢。

牢裡區隔成兩半，一邊關的是男性，另一邊則是女人。生理性別不同，唯一的共通點是全身赤裸，毫無保留地暴露著。

這些人的雙手都被反綁在身後，臉上蒙著黑色眼罩，嘴裡則塞著口枷。

在鐵牢前，有一襲纖瘦的黑衣背對眾人。東頤一眼認出，他絕對不會看錯的。

「寧夏姐姐？」

黑色身影聽到呼喚，緩緩回頭。

是寧夏！……不對，真的是寧夏嗎？看在東頤眼裡，外表雖然是寧夏，但氣質截然不同，彷彿換了個人。

寧夏轉過身，以鐵牢為身後背景的她，有一股異常病態的氣質，同時散發支配一切的強大氣場。

「好久不見。」寧夏彎起眼睛，那笑容令東頤倍感危險。

這不是他所認識的寧夏。

她不該是這種樣子。

「你們對她做了什麼？」東頤氣得揪住大廚衣領，憤怒地質問。「是不是洗腦她？為什麼她會變成這樣！」

「什麼都沒做。」大廚攤手，表示與他無關。「相信我，我們什麼都沒做。全部都是自然而然演變成現在這種狀態。」

寧夏朝東頤走來，輕聲命令：「放開大廚吧。」

「現在是什麼整人節目嗎？」東頤把大廚推開，警戒地環顧一圈。現場的住戶似乎都身懷陰謀，蓄意要取笑他似的。

「東頤，你聽我說。」寧夏拉住他的手，是曾經熟悉的力道與溫度，讓他暫時相信面前這個女人還有一部分是他認識的寧夏，並非被完全洗腦。

「你說。」東頤一定要搞清楚這一切。

「你知道我想死對不對？但我從來沒跟你說過原因。我曾經以為那是難以啟齒的，所以始終閉口不談。我當初選擇消滅自己，是因為從小時候開始，我的心中就有一股很異常……不，現在不是異常了，已經充分理解了。那不是異常，只是不能被羊崽接受的渴望罷了。」寧夏莞爾。「總之，有一股衝動不斷驅使著我，使我看待其他人的視角很不同，必須很努力很謹慎地偽裝自己，始終無法融入周遭環境。」

東頤好像猜到大概：「你說的那股衝動是……」

「我一直都是你們『這一邊』的，一直都是啊，東頤。」她拉著東頤的手晃了晃，像在撒嬌似的。「以前我不敢正視自己的欲望跟渴求，直到搬進社區遇到了你們，才明白自己不是異類，有了安心的歸屬感。我終於想通了。」

東頤傻住。「啊？寧夏姐姐你在說什麼？連小說都不會出現這種劇情啦……」

「是真的。你知道我在酒吧傷人的事情對吧？其實是我故意裝醉，引誘對我有意思的男性上當，讓他們尾隨我，等到暗處再刺傷他們。可惜有路人經過，只能倉促停手。」

東頤傻了，難怪聽到時覺得不太對勁，以他對寧夏的了解，她不是會在包包裡放剪刀的人，偏偏那時如此湊巧，可以從包包掏出剪刀自保。原來全是設計好的。也難怪寧夏還會繼續上酒吧，因為她根本不怕，更不如說是歡迎這些愚蠢的羊崽主動上鉤。

「事後我是真的害怕，」寧夏說：「自己怎麼會做出這種事呢？那時候我還不知道在羊崽社會裡以為的異常，對我而言卻是正常。」

「那你在社區外被跟蹤……」

「那是意外。是不請自來的笨蛋。」

「可是你事後嚇到抱著我哭……」東頤傻問，想弄清所有謎團。

「還是因為害怕。那些壓抑的衝動又跑出來了，像鱷魚浮上水面，我擔心自己會陷下去。拿出刀子要對準跟蹤狂的時候，我好開心呢，好像要拆禮物那麼興奮。後來我想了很多，那些念頭還是太誘人了，那是我無法拒絕的本性，跟你們一樣……現在好像不該用你們了，而是『我們』才對。」

此時此刻，東頤終於明白一直以來在寧夏身上察覺到的那股矛盾是從何而來。

寧夏想毀滅自己是真的，那是因為她長期活在羊崽之中，學習到的團體規範皆是來自羊崽。但是在自毀的念頭之外，她充滿了想活下去的動力，其中飽含殺人魔對於虐殺的渴望。

難怪寧夏可以如此自然地與成群殺人魔相處，而不感到畏懼。

因為是同類啊。

「在社區的生活很開心，我還想繼續跟大家一起生活下去。可惜原來的地方不能待了，所以我買下這座社區，重新把大家都找回來。就差你了。東頤，你真的好會躲，我找你好久。」寧夏握緊他的手說：「現在你終於回來了。」

東頤吞了口口水，喉嚨實在太乾了，好像塞進一團沙。「那個鐵牢……是怎麼回事？」

「這些日子我不斷摸索，試著找出自己的風格與儀式。記得一起做過的殺人魔類型測驗嗎？我的測驗結果是囚禁型殺人魔，於是就往這方向去摸索了。」

寧夏發出輕鄙的笑聲：「說出來你可能也不信，但是我要得到羊崽非常容易。只要去酒吧晃一圈，就會有很多男性上鉤。你看看鐵牢，是不是男性非常多呢？測驗滿準的，我喜歡把搭訕的人關進籠子，看他們痛苦呢。」

東頤順著她的話看去，不只發現男性真的很多，還看見一個眼熟的傢伙。東頤不敢相信自己的眼睛，嘶啞地問：「易敬勳？怎麼會？」

「兩個原因。」寧夏說明：「為了防止他繼續追查社區住戶，所以控制他會是比較好的作法。除此之外，他是我第一個關進籠子裡的，雖然是小時候的惡作劇，不過那時候我就顯露出這種傾向了。所以他很適合成為我的第一個羊崽。這也是為什麼他到現在還活著，充滿紀念價值。」

東頤嘴巴呆呆張開，腦袋當機了，放棄思考了。

「我綁架羊崽越來越順手，但還有很多想摸索嘗試的，大家都幫助我，讓我覺得很溫暖，很窩心。只是囚禁還無法滿足我，我有好好地在羊崽身上製造痛苦，從中獲得樂趣。你看，羊崽們都打了藥，現在是不是很乖？」

這又揭曉了一個謎底，東頤早就覺得這畫面如此詭異違和，都是因為被囚禁的羊崽們不合常理的安分。

寧夏補充：「我的綽號是『養羊人』。」

「嗯……很適合。」東頤望著鐵牢裡的眾多羊崽，的確是在「養羊」。

「你終於回來了，我找到你，你也找到我了。現在我有一個請求，」寧夏用特別溫柔的口吻詢問：「你願不願意成為我的羊崽？」

「我？」

寧夏捧起東頤的臉，深淵似不見底的黑瞳凝望過來。

「我需要你，東頤。」

寧夏說這番話的時候，儘管是收羊崽的請求，聽起來卻充滿告白的意味。

「你是說，我的角色跟那些會在酒吧上鉤的白痴一樣？」

「你離開太久，錯過好多我摸索的過程。你要成為我最特別的羊崽，見證『養羊人』的成長。你會是獨一無二的，無法被取代。」寧夏微笑：「你不需要待在牢裡，只能待在我身邊。」

成為羊崽？東頤從沒料到，身為殺人魔的他會收到這種請求，還是來自他曾經渴望親手殺死的羊崽。

東頤陷入了思考，隨即發現沒必要多想。

提出請求的是寧夏，答案早就決定了。

東頤同樣用告白般的口吻說：「我願意。相對的，如果哪天你又想死了，一定要讓我殺死你，也只能讓我殺死你。」

「我願意。」這次是寧夏說。

兩人相視而笑。

這次終於站在「同一邊」了，不再有任何隔閡與界線。

「我只同意被你給豢養，養羊人。」

「我只願意死在你手上，素良鬼。」

在囚禁著羊崽們的沉默鐵牢之外、在殺人魔住戶們的掌聲與歡呼之中，發出粉紅泡泡氛圍的寧夏與東頤手牽手，訂立了此生不渝的誓約。

（全文完）

番外篇一　肌肉鬼山的憂鬱

這一陣子的鬼山很不對勁。

寧夏發現的時候，鬼山已經變得不像是那個鬼山了，常常站在社區健身房的窗邊，看著遠處發呆。這一站就是好久。

健身成癮的鬼山連組間休息也比以往更久，有時候還會乾脆坐在臥推椅上動也不動，像是石化似的。儘管操作的重量仍然驚人，但跟過去相比，現在確實嫌輕了。

現在的鬼山不再抬頭挺胸，失去一現身就震懾所有人的恐怖氣勢，更推掉與寧夏約好的訓練課程。

到底怎麼了？寧夏很擔心。

雖然成為養羊人的寧夏是這座新社區的主人，但是關心住戶的近況並非她的任務，至少她不是熱衷社交的人，這部分更適合交給剁手。

不過現在是恩師出了狀況，寧夏說什麼都不能坐視不管。

這一天寧夏專程來到社區健身房。鬼山一如往常出現，這裡幾乎是他的第二個家。

此時的鬼山坐在管理員櫃檯，龐大得像座肉山的身形如此顯眼，令人無法忽略。

「鬼山老師……」寧夏驚覺不對，「您是不是瘦了？」

鬼山抬起頭，無神的雙眼漠然看了她一眼，然後頸子的肌肉瞬間失去力氣般，垂下了頭，發出低沉嘶啞的嘆息。

寧夏思索各種可能，難道是吃水煮雞胸肉太痛苦了？她吃這種鬼東西時，也會跟鬼山有類似的反應。

「您對牛排有沒有興趣？我幫您叫外送好嗎？水煮雞胸肉……那種令人髮指的食物別再碰了，這種東西不該存在世界上！」

鬼山再次抬起頭，這次寧夏看清楚了，鬼山的嘴邊黏著燕麥的殘渣，讓她驚訝湊近，發現櫃檯後放著一堆營養棒，那是一種能快速提供熱量與蛋白質的點心。

健身人士吃營養棒不奇怪，但是鬼山準備的量實在太多了！寧夏嚇傻了，而且從認識鬼山以來，這個健身狂一直都吃原型食物，不是水煮雞胸肉就是乾煎雞胸肉，再不然就是嚇壞旁人的雞胸奶昔。

鬼山不僅飲食習慣突然改變，還變得頹喪消沉，讓寧夏非常擔心。

「老師，您是我最尊敬的人，不管遇到什麼問題，我都想幫您的忙。」

鬼山欲言又止，發出咕噥聲，忽然起身，對寧夏搖搖頭，獨自走出健身房。背影如此落寞，讓寧夏哀傷得捂嘴，差點落淚。

目送鬼山離開，寧夏再看了一眼桌上的成堆營養棒，然後發現櫃檯電腦的畫面。鬼山走得匆忙，電腦就這麼擱著。寧夏好奇看了螢幕，終於有了頭緒。

「原來如此嗎……」

名偵探寧夏終於窺見了真相的一角。

××××

「這不是寧夏嗎？啊，還是要叫你的綽號？不行啊，寧夏叫得太習慣了，雖然養羊人也很有氣勢……」正在盤點商品的剁手匆匆回頭。「怎麼啦？來找我有什麼事，想弄到什麼東西？」

「這是我的需求。」寧夏遞出一張紙條，上頭列出她需要的物品。

剁手放下商品，接過紙條看了看，嘴巴不斷發出嘖嘖聲。「挺意外的啊，你居然需要這個？要拿到這些東西不算太難，可是先講清楚啊，這個不會有甜甜價。或許還會超出預算。」

「要花多少錢都不是問題，」寧夏平靜淡定地表示。「以全部湊齊為最優先。」

「沒問題。」

××××

天才剛亮，鬼山就來到健身房。不管是什麼樣的日子，無論晴天雨天，他總是第一個抵達健身房，不只是因為身為管理員，更是習慣使然。

現在的鬼山失去訓練的熱情，是慣有的作息深深刻在骨子裡，所以依然來報到。他開了燈，將空調設定到舒適的溫度，便在櫃檯坐下，拿出餐盒吃起準備好的健身餐。桌面還堆著數量誇張的營養棒。

木然咀嚼著煎雞胸肉跟蘆筍，不見任何情緒的鬼山此刻是無情的進食機器。有推車的嘰嘎聲從遠而近，來到健身房外。鬼山抬頭一看，發現是寧夏，推車上放著幾個嶄新的紙箱。

鬼山不明白。

額頭微微出汗的寧夏向他微笑，抱起紙箱走進健身房。「鬼山老師，桌上請挪個位置給我好嗎？」

鬼山拿起餐盒，另一手直接把成堆的營養棒全部掃到地上。寧夏立刻把紙箱放上桌，聽起來頗輕，並不沉。

「這些都是給您的，讓您親自打開好嗎？」

鬼山伸出大手，看似要捏碎人的頭顱，卻用意外輕柔仔細的動作拆開紙箱。

在旁盯著的寧夏有些緊張，深怕自己的猜測不對。

「啊……」在看見內容物的瞬間，鬼山無法自制地發出聲音，渾身顫抖起來。他過分小心地、彷彿要觸碰脆弱的嬰兒似的，捧起放在箱中的內容物。

——是跟超商合作的角落生物集點商品。

肌肉鬼山端詳好久，始終無法移開目光。好像那是無比重要的寶貝。

這樣的反應讓寧夏放心了。

「您最近這樣鬱悶，是因為收集不到全套商品對嗎？不只是集點麻煩，據說預購商品還很搶手。」寧夏說出她的猜測。

那天寧夏看到的螢幕畫面，停留在超商的集點商品頁面，這一期是跟角落生物合作。

當下寧夏便明白了，難怪鬼山突然買一堆能量棒，都是為了要集點。

加上肌肉鬼山平常就拎著角落生物的提袋，這個過分可愛的圖案與他的形象極度違和，讓寧夏認定鬼山必定對角落生物有異常偏執的喜愛。

為此，寧夏特地找上剁手，請這個擁有各種門路的殺人魔幫忙弄來全套的集點商品。

「鬼山老師，希望這些能讓您開心，趕快打起精神，我還要跟您上課呢。」

鬼山緩緩看向她，像是驚悚片的恐怖殺人怪物慢慢轉頭。

那張駭人的臉孔突然扭曲，眼睛瞇了起來，嘴角往旁大大扯開，露出成排的森然白牙。

笑了，鬼山笑了！

帶著常人無法理解、不敢輕易稱之為笑容的表情，鬼山豎起大拇指，以嘶啞但溫柔的聲音回應。

「謝謝你。」

寧夏還以放心的溫柔微笑，跟著了結一樁心事。

在低調神秘的社區一隅，擁有恐怖肌肉的殺人魔，以及喜愛豢養羊崽的殺人魔新星，雙雙化解了各自的憂鬱。

番外篇二　對養羊人尋求反攻是否搞錯了什麼

自從與寧夏再次相遇的告白之後，素食鬼在社區更出名了。

本來素食鬼是因為只殺想死的人的特殊信條，而引起同類的注意，現在更成為養羊人寧夏的專屬羊崽，頓時變成全社區的注目焦點。

——迷途的殺人魔打碎羊崽的假身分，與自願成為羊崽的殺人魔互許約定。

這樣童話般的展開，幾乎要融化了殺人魔血淋淋的心腸，住戶們共同見證一段美好佳話，差點要把東頤與寧夏互相告白的那一天，訂為社區的粉紅泡泡日。

不過因為遭到雙方當事人的強烈反對，住戶們決定日後低調慶祝。

話說回來，這樣的注目讓東頤不自在，他不是為了突顯存在感，才選擇與寧夏定下契約。從來就不是為了那種表面而膚淺的理由。

從來就不是。

東頤盡量維持平凡的日常，不被住戶們的態度影響，假裝什麼事都沒發生過。他與寧夏的互動，是只屬於他跟寧夏之間的事。

這天，東頤外出購買簡單的零食跟飲料，返回社區時突然被叫住。一回頭就看到搶眼的粉橘色頭髮。

「素食鬼！這個給你，幫我轉交給寧夏……啊！」冒冒失失的小拼朝他跑來，途中險些跌倒，踉蹌幾步才穩住身體。

抓回平衡的小拼抬起頭，那張黑眼圈極重的臉孔嚇得東頤一愣。

「你是多久沒睡覺了？」

「三十六？還是四十個小時吧？沒辦法，我真的欠了太多模型還沒組完……而且需要拍片……」小拼虛弱地說，用不斷發抖的雙手把模型塞給東頤。「幫我跟寧夏說，模型堆太多沒組我受不了了，這盒送給她。就這樣，掰掰！」

小拼來得匆忙，離開也匆忙。東頤目送那頭粉橘色頭髮跑遠。這次小拼不再那麼幸運，終究把自己絆倒了。

「啊！」

東頤看著小拼往前飛撲，重重摔在地上，那聲音讓他聽了都覺得痛。但是東頤懶得多管，反正小拼跌倒的次數比她殺過的羊崽還多，這就是「拼拼圖」的迷糊日常。

東頤拿著模型，決定返回屋裡。走沒幾步卻看到濃妝豔抹的鋼絲迎面過來。

鋼絲咧開塗著口紅的大嘴，露出油膩的笑容。「哎呀，怎麼這麼巧？人家正想去找你跟寧夏呢。來來來，來得正好。這個給你，幫人家轉交給寧夏。」

鋼絲遞出包裝精美的黑色紙盒。東頤對這東西有印象，先前鋼絲為了口角賠罪時，贈送的禮物就是裝在這種紙盒。

東頤想起那時的禮物……嗯，真是美好的黑色。

「這次是什麼？」東頤謹慎地問。

「一點小東西，謝謝寧夏把這裡便宜租給人家，讓人家可以把省下來的房租拿去付店租。啊，人家一樣還是開情趣用品店唷，記得帶寧夏來逛逛，一定有很多可以讓你們感情升溫的好玩具。」鋼絲俏皮地眨了單眼眼睛，讓東頤頭皮發麻。

送走扭腰擺臀的鋼絲，東頤思考該不該偷拆禮物，先確認裡面裝的究竟是什麼？有了上次寧夏喝醉酒突然換裝的經驗，讓東頤事後除了心經，還順便把地藏經跟金剛經都背下來。

東頤還來不及做決定，大廚接著出現。這名熱衷製造肉醬的殺人魔，明顯也是要找他，或者該說要找寧夏。

「啊，真是太好了，遇到你真是幸運。在離開舊社區前，我說過要分享好喝的紅酒給寧夏，這事擱著差點忘了。這是特地挑的紅酒，希望合你跟寧夏的口味。」

「啊？喔……好。」

左右手分別夾著鋼彈模型跟黑色紙盒的東頤，這次接下了紙袋，用手指勾著。不過他的另一手手指同樣勾著東西，是剛才買回來的飲料跟零食。這些東西雖然不重，體積倒是妨礙行走。

大廚充滿歉意地說：「你這樣真是太辛苦了，還是我拿著吧。」

「沒關係，不是什麼大問題。」東頤說著就走開了，也沒等大廚告別。

這樣倉促離開倒不是針對大廚，東頤就是突然地覺得不是滋味。

寧夏越來越受歡迎了，好像每個人都要跟東頤搶似的。明明是他跟寧夏互有約定，怎麼好像每個住戶都想成為她的羊崽？

「不得了，成為『養羊人』之後，寧夏姐姐的氣場真的變得很強，跟過去完全不同。」東頤喃喃碎念，思考現在的寧夏還會是他認識的那個寧夏嗎？

東頤還沒有結論，響亮的大嗓門叫住了他。

「素食鬼！停下、停下來，等等我！」

東頤根本不必回頭，就知道是剁手了。這個熱衷發起團購、還有替住戶張羅商品的殺人魔抱著紙箱出現。

「這個麻煩你！是寧夏之前說很好吃的無花果乾，整箱都是她要的……」剁手打量東頤。「你是去大採購嗎？現在還有手可以拿嗎？不然我另外找機會再拿給寧夏？」

「都疊上來……」東頤意外被激起不服輸的心態，決定一次全部搬回去。怎麼可以製造其他殺人魔與寧夏獨處的機會？不可以！

「既然你都這麼說……」剁手如東頤所願，把紙箱交到他手上。「哇啊啊……素食鬼啊，你要確定啊，這樣真的沒問題？還看得到路嗎？小心別跌倒。」

「我不是『拼拼圖』，沒那麼容易跌倒。」東頤說，總之先拿小拼出氣就對了。

「這倒也是，這麼容易跌倒的人，除了『拼拼圖』，我還真沒見過。好啦，你自己說沒問題的，那就這樣了，我還要去理貨。」剁手一溜煙跑掉，留下抱著大箱小箱跟紙袋的東頤。

歷經一番波折，東頤順利回到租屋。打開門後，多虧有空調設定的舒適溫度，迎面飄來涼爽的空氣，舒緩了讓他出汗的熱度。

東頤抱著禮物來到客廳，發現屋裡靜悄悄的，瀰漫淡淡酒味。一低頭，看見寧夏蜷起雙腿，睡在沙發上，桌面有幾支空酒瓶。

寧夏穿著寬鬆的居家服裝，加上睡著了，所以減緩平時的強大氣場。看起來又像最初那樣無害。

東頤無聲地放下禮物，抹抹汗，在沙發旁蹲下，凝視寧夏的睡臉。寧夏睡得很沉，呼吸平穩，醉臉泛著成片紅暈。

「哪有大白天就喝醉的？」東頤伸出手，在寧夏的臉頰輕輕戳出小酒窩。

這一戳讓東頤差點屏息，過去從未試過，現在發現真是不得了。

「好可愛……」東頤脫口而出。「還好只有我能看到，其他人都不准跟我搶。」東頤繼續讓指尖停在寧夏的臉頰上，留下美好可愛的小酒窩。

寧夏突然睜開眼睛，筆直地看著他。

當場被逮到的東頤立即抽手。

「哪有趁人喝醉偷偷戳臉的？」寧夏問。語調很輕，配上一身輕鬆的居家服，反倒有奇異的威脅性與挑逗感。

「可惡，被發現了……哇！」東頤突然被寧夏抓住。

在這瞬間，東頤想起酒醉的寧夏會產生巨大怪力，那是無法理解的恐怖力量。東頤無法與之對抗，只能被寧夏抓進懷裡，牢牢抱住，整個人被迫貼著寧夏酒醉發燙的身體，嗅到她的體香與酒味。

東頤的臉頰緊貼著寧夏的頸子，被她的髮絲搔得好癢。

「你的身體好涼呢。」寧夏抱著他，像抱著大娃娃似的。

東頤起初還覺得尷尬，後來乾脆不掙扎了，決定逆來順受，順便騰出一手抱著寧夏。

寧夏抱我、我也抱她，這很公平吧！東頤是這樣想的。

在觸碰到寧夏纖瘦的背脊時，東頤感到難以置信，無法想像這樣的軀體竟然擁有讓他難以掙脫的力量。

——又或是素食鬼故意放棄掙扎，任由養羊人擺布呢？

「你帶回來的那些東西是什麼？」寧夏問。

「禮物。寧夏姐姐真是受歡迎。」

「語氣酸溜溜的。吃醋了？」

「沒有喔，有什麼好吃醋的呢？大家都喜歡你，我開心都來不及了。哪會吃醋呢？一點點都沒有。」

「不是擔心我被搶走嗎？」寧夏在東頤耳邊說：「你剛剛說的，我都聽到囉。」

如此近距離的說話，吐氣搔得東頤的耳朵發癢。

不、不行！養羊人進攻的氣勢太強了，東頤警覺，絕對不可以繼續這樣，一定要尋求反攻，不能一面倒，不能一直被她壓制！

當初要逗弄寧夏明明很容易的，想起來啊，想起那些輕易進攻得逞的日子！

不肯服輸的東頤在心中吶喊。

東頤正要盤算如何反擊，寧夏突然鬆開雙手，改為捧住他的雙頰。

寧夏的眼與鼻突然好近，近得每根睫毛都讓東頤看得仔細。

東頤驚覺唇上一陣美好的柔軟。

××××

在親吻之後，素食鬼與養羊人懶洋洋地靠在一起，擠在同一張沙發。

寧夏瞥見住戶們送的禮物，對黑色紙盒特別感興趣，便解開綁在盒子上的緞帶。

「咦？這個禮物……束頤，這個應該很適合你，要不要試試？」

「這個？不要啦，太蠢了。鋼絲為什麼要送這種東西。」

「你就戴戴看嘛。」

「要我戴可以啊，那另外這件你要穿。」

「這件？沒問題。」

「這麼乾脆？」

「你是不是以為我會怕？」

「等、等一下！寧夏姐姐，你怎麼脫衣服了？不要直接在這裡換……觀自在菩薩行深般若波羅蜜多時照見五蘊皆空……」

「我穿好了，換你了，該戴起來囉。嗯？怎麼不敢看我？」

「可、可惡啊……」

「哇，真的很適合你呢。」

「這套衣服也很適合你啊……為什麼這麼適合穿黑色？這次不同款式也很好看……」

「你也很好看，要不要改暱稱？從素食鬼改叫素食狗？這個狗耳頭飾真的好可愛……等等，你說這次是不同款式，意思是以前我也穿過？為什麼我沒有印象？你瞞著我什麼？嗯？」

「啊、不是，寧夏姐姐你聽我解釋！啊！」

現在，說溜嘴的素食鬼不只要面對反攻失敗的屈辱，還要面對養羊人的逼問。

這一天對他來說，真是太刺激又漫長了。

番外篇三　大廚與他的快樂肉醬

當大廚知道舊社區被警察盯上的那一刻開始，就計畫要撤離。

為了觀察警察的動向還有方便隨時移動，大廚沒有尋覓新租屋，而是先在旅館暫住，這讓他被迫丟掉好幾件家具。

那些都是大廚經過幾年的時光，精心挑選收集而來的。

不過對大廚而言完全不可惜。家具終究是沒有感情的製品，沒血沒肉，不會哭也不會笑。

大廚真正看重的，是那些辛苦得到的肉醬。

比起保留所有家具，大廚的第一優先是為這些肉醬找到暫時的避難所。為此他透過關係，從熟識的殺人魔那裡租了一座冷凍倉庫。

殺人魔擁有冷凍倉庫並不是什麼稀罕的事，拿來保存屍體或肢解後的肉塊都相當便利。對於某些具有收藏癖的殺人魔，冷凍倉庫更是必備的設施。

從舊社區撤離之前，大廚首先要做的，是將肉醬庫存全部移轉到冷凍庫。

幸好之後養羊人寧夏出手，不僅找回原先的社區住戶，還另覓一處新天地。

於是大廚可以安心地將肉醬從冷凍庫轉移回新社區了。為了防止轉移途中會讓肉醬解凍，他特地弄來冷凍宅配車。

來到了冷凍倉庫外，大廚把冷凍宅配車停好，穿著保暖的羽絨外套下車，並且戴上手套避免凍傷。

隨著大廚打開冷凍倉庫，低溫的白色冷霧溢散出來，裡面是壯觀的成堆肉醬，全部都仔細裝在玻璃罐裡，整齊地排列。每個玻璃罐上都貼有姓名標籤，每張標籤都代表了一個人。

——曾經活生生，有血有肉會哭會笑的人。

對照肉醬名單，大廚一一清點起來，並且對每一罐肉醬說話：

森龍，你不會是不起眼的小脂肪塊，你是獨一無二的肉醬。

洍井玥，既然你都許願要當拿坡里口味的肉醬了，那我就加超好吃的炸雞進去吧。

張品深，為了劇場燃燒的你真是太耀眼了，成為肉醬界的火種吧。

吳盼，大廚的肉醬都是美麗又好看的，你也是。

CicadaYang，同樣是被祖的人，希望我們都能早日擺脫臉書這個垃圾平台。

夏紹芬，早餐吃炸雞是件太開心的事，搭配氣泡飲料是必須的吧！

FengHsunChang，感謝你擔任帥氣的學術型肉醬！

莫言，如果第二杯酒還是治癒不了你的情緒，那就直接來一箱。

吳文勤，一次照顧兩隻調皮狗狗辛苦了，如果黑龍跟阿虎又闖禍，請跟我念：「清蒸淡雅，油炸磅礴。三杯自在，紅燒隨喜。」

黑龍，顧阿虎辛苦了，不要跟著亂咬。三杯自在。

阿虎，聽姊姊的話，不要調皮。紅燒隨喜。

ChuYuanHsi，打卡的忠實肉醬，你真的把我的專頁當地標了嗎？

廖均翰，在營期的雨天裡，你就是彩虹。

Ziran，住手！收拾房間是把不要的東西去掉，不是找地方塞！

林聖彬，成為肉醬後的你，不會再被地震警報吵醒了。健身是好習慣，繼續維持。

AmberChen，大家都怕被罵，沒關係，罵爛就罵爛，都是工作上的逢場作戲。

章湘琳，美麗的曼陀羅彩繪與刺青啊。

吳紹瑋，上班不要喝太多手搖杯，會變成糖分過重的肉醬唷。

TingChiu，在拯救神火村之後，你也跟著出海了嗎？

BronteKuo，願你擺脫過去的爛人爛事，享受純粹的新生活。

賴子濘，放過自己，你會好起來的。

花子，雖然出了技術性的意外，讓你變成了花惹發，但你永遠是不可動搖的字數之鬼。

KaeyaKao，秒讚機器人！你的靈壓永遠都在！

夜鶯，不要讓寫作變成你的心魔，去享受它。
吳姿姿，那些難過與難堪的事情都會過去的。
月夜燭光，如果你找到了治療疲累的特效藥，也分我一點。
羅姍姍，如果四條巧克力還是無法遏止憂傷，那就吃五條吧。
IlumiiRengoku，你是最機智聰明的肉醬嚕阿咪。
王雲佩，早上好，我也想要有bingchilling吃。無限次生日快樂！
夜櫻，成為肉醬的你不用擔心期中期末了。
EveHsieh，身為手搖杯兼便當守護者的你，當肉醬好像太可惜了……
류우정，這座小島的交通太危險了，騎車小心。
藍莓薰衣草，莓果類拿來做肉醬有點可惜了，做成水果塔怎麼樣？
許郁涵，期待你研發出超級美味的脆皮燒肉，配蔥鹽是一定要的吧？
郗花，預祝你明年生日快樂，再讓你高興一整年。
曾云祈，曾阿祈啊，法環都破完的你應該可以把怨虎龍按在地上摩擦啊！
AngeliaLai，我也常按錯鐵捲門上下按鈕，你不孤單。
YouJane，想不到我會去看肉醬的貼文吧。你沒發現我，躲在角落。
FishSmall，沒魚老師，你很棒，喜歡你的作品。

張黛，好的，你就是肉醬大家庭的金魚擔當了。
林立均，在消失充電之後，你要繼續成為美味的肉醬。
吳承恩，謝謝你為了主角們，自願犧牲成為肉醬。What is dead may never die.
靳陽，來一首〈月牙灣〉，就地變成你的主場演唱會。
たけな，同情你就把你做成肉醬，這樣的發展可以嗎？
那芙弥，聽說你玩傳說對決曾經很猛喔，你就是對決肉醬了。
呂一倫，顧三個孩子辛苦了，要給自己喘口氣的時間！
DeanWang，帥氣的巨巨肉醬就是你，這樣厚實的肉量需要分成兩罐才裝得完。
SancovidonaShiu，謝謝你一直以來的支持還有幫忙宣傳，太窩心了。
張芷芸，因為頭貼成為被祖同路人的你，讓我們一起祝福臉書早日爆炸。
YinElang，你兒子怎麼帥成這樣？小帥哥！
石弦花，拿著麥克風的肉醬，請問可以點播李翊君的〈雨蝶〉嗎？
高翊瑄，頭貼的Enhypen帥喔！
AhNuo，麥叔真的很帥，這你也同意對吧？
秦暐翔，多逛幾間有貓的店，這個世界需要更多的貓貓照片。
趙童子，怎麼你也在玩摩爾莊園？我差點也要入坑了。

黃盈瑄，你瞧瞧，這邊這堆肉醬拿來當魚飼料適合嗎？

羅彥翔，NICE新髮型，適合夏天的清爽風格。

林欣蒂，我相信肉醬們的視力都很好，可以看清楚密密麻麻的肉醬名單。

RuriYeo，原來你那麼會畫圖，繪圖肉醬就是你。

簡嘉宏，肉醬學長，你曾經率先被寫進短篇裡啊，向你敬禮。

MoofferKaku，少年吔安啦，一杯酒一根菸，安啦。

彭家祥，謝謝你，永遠的老司機，樓主好人一生平安。

陳彥龍，帥氣的彥龍哥哥，你就成為肉醬裡的帥氣擔當吧。

張慧中，一度沒發現你是開小帳，還以為被刪友，差點要從肉醬名單寫進死亡筆記本了。

陳姳蓁，既然報名時都特地許願了，就讓你成為香辣口味的超讚肉醬。

巧靜，願你不再擔心天黑與流言蜚語。

陳采瑩，用你的霸氣震懾身邊不長眼的同事吧。

蕭又寧，沒問題，應你要求，你將成為華麗的肉醬。

徐姵瑄，你頭貼的羊毛氈蜥蜴看起來真是太崩潰了，希望你別跟著頭痛。

PetitFilet，此事古難全，但願人長久，千里吃泡麵。雙響泡，好吃。

羅建宇，永遠的勇者Gary，你就是怪人肉醬了。記得整理房間。

廖以晨，寶可夢靈魂繪師肉醬就是你！瑛太真的很帥捏。
消費長義永動機，我一直很想問你，長義是誰？為什麼要消費人家？
張鈫婷，你口中的我景到底是哪一位呢？
葛霖軒，日夜守護平安京的你小心別讓肝炸了。
吳宇函，有貓最棒了，每個人的人生都該有一隻貓。
尹夏，不要太在意觸及，臉書這個垃圾平台就是爛。
葉心如，唐吉訶德先不要買太多，存一筆直接去日本大爆買！
林炯志，炯阿志啊，招妹的套餐令人懷念，馬鈴薯燉豬肉真的好吃。
JiaYunTu，保重啊飛飛，就算成為肉醬，健康檢查的數值還是要注意。
涂凱琳，成為社畜的你還是有機會再度踏上日本的，沒問題！
冰殊萬年單箭頭，祝你天天抽卡都歐到爆，手遊角色怎麼這麼好看。
菜瓜米，請放棄拿貝斯當兇器的念頭，它只是個樂器啊。
沈庭安，覺得太浪費時間所以刪除社群軟體的你，做了超棒的決定。
陳依綺，生活如你所說不是童話故事，不過還是能抱持一點小小的期待吧？
羿汎，新安州真的好帥，但是放棄處理金邊的我最後買了全武裝獨角獸。
蔡珈珈，感謝肉醬報社特約攝影師提供日報素材，尾牙費用請找計數員。嘻嘻。

林小潤，放下每天的怨憤，沒有益處。

KuiKui，沒問題，立志成為最讚肉醬的你很棒。

葉子軒，你會成為拍照系肉醬嗎？喜歡你拿著相機的架式。

楊芷芳，雖然蒼星石跟翠星石超可愛，但我是水銀黨的。決鬥吧。

EasonChang，立志成為瓜仔肉醬的你，說不定會是最下飯的組合。

楊懷慈，你的置頂聲明令人擔心，但還能繼續發貓貓照片應該平安無事吧？

WutsSpin，吉刻救援、吉人天相、吉度焦慮、吉吉可危、猝不吉防、吉吉如律令……

WysteriaViolet，你似乎消失了好久，是不是吃到夏威夷披薩了？

楊欣惠，分享珍珠三色豆蛋炒飯的你，遇到好事了嗎？

早川まこと，不當地瓜轉職成肉醬的你，算不算變成葷食？

追追憶，感謝你的彼岸花碎片讓我湊到老婆，可惜我們最後都退坑了。

謝星骸，雖然不知道發生什麼事，但是離開的人就是離開了。

MeiMei，要記得你被拉進來當肉醬都是被你姊姊帶壞。都是她、都是她，大廚是無辜的。

夏末秋初，疲累的時候好好休息，讓腦袋跟靈感都充電。祝創作順利。

苗冬梅，發文小心，主管的訊息隨時準備轟炸！

安啵，閃屁喔幹。

沈柏仁，你也是，閃屁喔幹。

雪羽，認真生活認真cos的鱈魚，願你一切順心。怪人退散。

徐熙，不要吝嗇眼淚，想釋放情緒就別客氣，讓自己好過一點。

樂多多，感謝報名當肉醬的you，要在沸騰的鍋裡閃耀發光唷！

林佩玟，放輕鬆，當你以為日子還會更糟的時候，說不定就谷底反彈了。

阿丸，拍片燃燒肝臟的小菜鳥，要活下去啊……

阿玉米濃湯，米阿湯，你要記住你是個濃湯，成為美味的料理吧。

陳雨孟，你還是沒回到底要用小乂還是陳雨孟當肉醬，所以都寫進來就沒問題了對吧。

Nanami，再見了角帳，謝謝你留下來的故事。

陳火柴，保重身體，不要輕忽睡眠。生命裡的小人別理他們了。

林佳牛，我也喜歡雙面人魔跟底特律變人。另外推薦你影集浴血黑幫。

孫楷，你是不是默默消失了，潛水愛好者嗎？

林靜，一個人相信什麼，就只能看見什麼。

林欣旻，難道前方右轉不好嗎？我總是跟人說，出口在右邊。

TzuChunLin，辛苦了爆肝護理師，希望病人與家屬都給你應有的尊重。

BrianYean，不要踏上黑暗料理這條路，放過那碗肉燥麵，停下來！

晏均，替我向你的骷髏先生問好，也祝你有美好的一天。

大麻烤鮭魚，不要再農戰甲了，這坑很深。記得補實況。

卓霍伊，想要更多的胡椒粉？沒有問題，整瓶都給你！

りしれ供啥小，除了當快樂肉醬，你也能考慮happy tree friend唷。

翁珮鈞，你之前的頭貼真的很眼熟，是不是在其他地方看過你？

純愛戰神，你對羽生的愛是不是比富士山還高，比太平洋還深？

杜文昀，你就是肉醬之中的分享魔人了。

楊洛宇，客倌您的車速令人措手不及，請問有配置煞車嗎？

張雨靜，雖然不知道發生什麼事，就先預祝你再一次的生日快樂吧。

馮郁真，如你所願，肉醬報名大成功。考試加油。

姜詠齡，封你為聽團猴圖鑑收集大師。來，擋一根。

屠良，寶可夢大師，想問問年底的朱紫你有要衝一波嗎？

里莫螢光筆洗衣機，曾經是西湖醋魚夢男的你改成洗衣機，困惑這到底是哪罐肉醬了？

YayaChen，設計甘苦人，肝與心都辛苦了。

張景洋，手遊之鬼，你只有一個肝，還撐得住嗎！

張宇婕，祝福你成為不缺錢的肉醬。

黃昱維，感謝低調老肉醬一直默默支持，祝你場場掉寶玉。

蘇上婷，變成一個成功的卑鄙外鄉人之後，接著到交界地當肉醬吧。

困困熊，你的假牙現在安全了，因為肉醬不用裝假牙。

方寒，說好了一輩子追我的作品，還要成為快樂肉醬，不能忘記嘿。

YiZhenLee，你的第一次留言就是為了報名當肉醬，當然要成全你的心願，感謝報名。

ZihSyun，你知道嗎？過了好久以後，我才發現你的頭貼是柴犬……

供さみ消うぇ，每次看到你名字都會跟著念，唸完就笑出來。看你是很懂諧音喔。

郜琳，關於瀏海的問題，一律推薦剪掉。至於剪壞了就當我沒說。嘻嘻。

毛球，歷經千百種磨難的毛師父啊，難過的時候就要盡情吃肉喝酒煮火鍋，順便唱唱歌，相信一定沒有過不去的檻，只有會刷爆的魔法小卡。

李姵萱，你潛水潛太深了，偶爾上浮換氣一下吧？

姚佳佳，今年來不及留言，補上祝你生日快樂，原來是巨蟹肉醬啊。

何千年，感謝實況固定支持老班底，希望你看到這段話時，我已經成為艾爾登之王了。

HuiTsai，你需要更多的貓貓影片，好擺脫痛苦的形狀。

羅瑩真，報名時你說要成為香菜加爆的肉醬，這是既想成為肉醬，又想成為報復社會的兵器嗎？

凱于，凱亞推坑大將軍，今天的你也沉浸在凱亞的微笑裡了嗎？

曾昱蕎，生日撞到雙十二的你每年都該名正言順爆買一波對吧！為自己好好慶祝。

ChihChing，你怎麼那麼貪圖阿璃的美貌呢，有眼光。

桑華，我很好奇，分享會比照麥叔模式辦理會不會出事情啊？

高若芸，早安你好，早起一杯溫開水，維他命不能少，認同請分享。

AmandaBartowski，哈！姆！太！郎！轉！圈！圈！

張郁琦，團要聽，衝撞也要小心！

江宗城，早安，把快樂和問候，輕輕送給您。得意的一天，葵花油。

吳采蔚，我是支持史萊哲林的，這很合理吧？你是哪個學院的啊？

YaoCherry，宰肥羊大聯盟的團魂永遠不滅。咩！

SerenaHaung，勞碌的牙助辛苦了，每次洗牙都很敬佩牙助要忍受飛濺的血水。

劉思妤，提防網路上的對立與意識形態的鬥爭，人只會闡述對自己有利的事。

林樺，一天一廢文，有益身心健康舒緩壓力，考試通通一百分。

墨白，闖蕩過台灣的馬路還平安無事的你，已經是幸運值S＋＋的勇者了。

YiruHO，你是不是也厭倦了社群默默淡出？似乎有一陣子沒你的蹤影。

陳拉奈，你養了一隻顏色很繽紛的可愛芒果！噢，我是說鸚鵡。

周彤，感謝帥氣幽莉的酒精招待，不想傷你荷包所以心領就好。謝謝你，溫馨的肉醬。
陳昱穎，儘管你是個優質肉醬，仍然無法阻止我繼續檢討水瓶座。
JocelynLai，來了來了，讓你成為肉醬的場合這不是來了嗎？該把差評收回去了。
李靜宜，謝謝你分享人要比瘋子還瘋。在這個混亂時代，就是需要比誰更瘋更壞。
SlaoJiou，放閃肉醬的亮度太驚人，讓我都需要一副墨鏡了。
李彥宬，現在的你暫時擺脫大考了嗎？好好享受暑假與即將到來的新生活。
MayChang，令堂的奇妙冰箱至今仍然使大廚餘悸猶存，都想尖叫著問那是什麼東西！
江琤郢，你的文字跟圖片都很溫暖，這個破碎的世界需要這樣的療癒。
邱琬婷，沒讓你當成清明肉醬，這次來個肉醬大總匯。謝謝一直以來的支持！
語翎，居然把我的貼文放置頂，太感人了吧肉醬！
洪傑伊，分享型肉醬是你，可以指定有更多的貓貓嗎？
慕容幽穗，肉醬之中永遠的興奮到模糊代表！
李卓育，工作要拚，身體也要顧好。願你當個健康的肉醬。
Terry，看戲適量，狗咬狗的場合太快就膩了。
蔡秀慧，偷偷跟你說，我抽到兩隻阿修羅，嘻嘻。魂土輕鬆炸。
moYao，你確定你真的沒有暈朔間凜月？我看你暈到下不了船了。

王正霖，你打鼓怎麼帥成這樣。對了，有貓就是讚，芝麻救世界。
王威翔，零錢撿起來記得用酒精消毒。關於硬幣的骯髒鬼故事你不會想聽的。
蔡愛姆，不要輕易嘗試水煮餐，會快速削減持續健身的動力。相信我，拜託不要。
楊康語，跟培雅同天生日的你，替身使者會互相吸引……要挑戰跟培雅一起切蛋糕嗎？
李盈盈，就像你感謝Ruby出現在你的生命裡，大廚也感謝肉醬們出現在我的生命之中。
劉子硯，甜甜圈、甜甜圈、又香又甜的王蛇甜甜圈。好耶。
沈阿芬，願你隨時都能清晰明白自己的心意，掌握所有的自主性。
荷婷，你打遊戲居然那麼強，電競肉醬是你。
沈芯妤，擺脫大考惡夢了嗎？享受不一樣的新生活吧。
黃薇恩，臨時詞窮的大廚只好幫你抽一張寶劍十了，逆位的，還行吧？
李泓毅，你的跑船人生還在持續嗎？有沒有帶我的書上船咧？
宥菱，消失好一陣子都在開心畫圖嗎？願你快樂享受一個人埋頭創作的過程。
許雅筑，既然都轉貼我的情緒勒索文章了，有好好補完屠羊社區了嗎？嗯哼？
慕容淚影，願你享受創作的每一刻與其中的所有情緒。
LinTzuChi，辛苦的護理師！向你敬禮。你覺得最能代表肉醬的礦石會是哪一種？
張奕勤，法環拿到白金的你，已經是無敵的吧！艾爾登之王！

程品妢，你新嘗試的畫風很不錯耶，畫圖之餘要找時間讓眼睛休息喔！

張玟蕙，遊戲初見就能拿S的你是遊戲小天才吧。

蔡鈞富，你吃健達繽紛樂的時候配不配牛奶？然後再轉一轉……噢那是OREO，糟糕。

周佳錡，好好體驗新學校新生活，祝你高中生活一切順遂。

易婷婷，have a nice day，祝你有美好的今天明天跟後天。

西洛海鮮粥，這麼說，你切蛋糕很勇喔？你會把切下的蛋糕加進粥裡嗎？不要！

NingNingouo，想吃雞排的時候，不要忍不要等，順從追求高熱量食物的渴望，衝啊。

白楓葉，頂樓的天空怎麼可以這麼好看，無論黃昏白天清晨，期待你拍出更多天空。

YuSyuanHuang，BTS的〈Fake Love〉超棒，你也同意這首歌很讚對吧？

陳沁妤，歐拉歐拉歐拉……不要踏上情緒勒索這條不歸路，交給專業的大廚來就好。

SingLin，願你在自由與存在之間找到平衡，同時享受兩者的優點。

劉璃星，恭喜畢業，就地轉職成肉醬，來吧！

CyanHarrier，身陷愛情漩渦的你居然能抽身當肉醬！

陳鳳儀，感謝長期支持的老讀者，以後還會有很多新作品，一樣看下去吧？

ラブナイト，岑芸啊，下次改名真的要說一聲，我以為又是臉書擅自亂加好友。

周孝優，這樣看起來你數學跟歷史是很猛喔，那麼優秀的肉醬。

黎語冰，夏蟲不可語冰，但是黎可以。

鴨鴨あひる，控制你的寂寞與孤獨，不要被不值得的人趁虛而入。

李欣欣，沒使用臉書是好事，少接觸很多不必要的垃圾。恭喜你。

鯛魚子，人際關係常常是一團混亂的狗屎，放輕鬆，該丟的就丟。

MaggieChang，雖然你不常用臉書但還是對你有印象，恭喜趕上報名。

陳芷儀，我一直想知道告五人到底是哪五個人被告？

羅翊濃，曾經可能有過什麼，但現在你的帳號一則貼文都沒有了是為什麼咧？

程韶，掌握沒糧自己產的真理的你，好好享受創作時光喔！

楊凱凱，嗨，希望你找到能陪你講話的人了。

ネネ，你的追腥紀錄小帳裡究竟有什麼呢？真是令人好奇。

Lenn，雖然成為肉醬，但你現在享有比三萬多天更長的壽命了。

IsaYu，你會成為自己的光，不用再等待誰了。

冬蟲夏草，吃魚先吃魚頭，魚身跟你一起裝進罐子裡。

朱馨怡，你推的托尼真是太俏皮太可愛了。

願玖，再忍忍，過完八月九月，冬天就要來了。

拿鐵布丁，你這樣是不是也算牛奶布丁？小心騎車。

小麥，報名不會太遲，你已經被列入名單裡，大鍋裡新增音樂系肉醬了！

黃家瑜，祝福你家喜歡碎嘴閒話的長輩都能學會閉嘴。

寺流，一千三百五十六歲的你，成為肉醬之後的歲月該怎麼計算呢？

麥茶很好喝，難道烏龍奶茶不好嗎？

野，希望你能認出這罐肉醬是你。

桜玲，不能常碰手機是好事吧？它會讓你的注意力變得更難集中。

李柏萱，謝謝你曾經為大廚加油，但是很不好意思，重考只是大廚眾多的興趣之一。

李欣，早日康復，你會好起來的。

高金生，哎呀哎呀，討厭啊，墨魚泡麵桑你又調皮了。

Shin，來不及擺脫會考的你，卻先成為了肉醬。命運真奇妙。

fxxkall，雖然你退追蹤又重新加回來，但是我真的沒有記恨。真的。

chunfen87，是的，所謂的肉醬，乖巧地待在罐子裡就好。

莊欣諭，我很好奇，為什麼要把泡麵放在桌子底下？

仙草棉花糖，當個綠豆芽口味的肉醬，不知道味道怎麼樣？

鄭淳之，從今天開始，你就是肉醬界的立委擔當了。

姜旭宇，接住憂愁的你要給自己時間定期釋放。

卜舞，你是叛逆精神作祟想跟家裡唱反調，還是所有的一切真的令你快樂？
林可涵，你究竟是水瓶還是雙魚？如果是前面那個的話，我們不要了好不好？
杜宜倩，規律作息好重要，不要等著看天亮，珍惜睡眠。
賴圈，感謝老肉醬的支持，祝你工作上遇到的屎尿爛人少一點。
ㄨㄢˇ，為自己的宅驕傲，宅有什麼不好？
聲，先把槍跟火箭筒都放下，有什麼可以好好溝通，不必瞄準我的。
粱粱粱粱粱，社長啊，最近缺糧，有沒有推薦的漫畫？
楊雅綺，別擔心有沒有報名過，我會嚴謹檢查，不放過任何肉醬。
荷m，新肉醬歡迎入坑，加入我們這個溫馨快樂的大家庭。
嘎欣，粉的白的藍的紫的髮色都好看。
賴芊榕，芊太郎，快用你那無敵的死亡計數員想想辦法啊！
CJY，貓與水族摻在一起會變成什麼樣的景象？你有頭緒嗎？
呈呈，適度懂得讀空氣有助於改善人際關係。加油了。
麥茶，同樣是奶味藍的你，會不會對cube糟蹋孩子們覺得很難受啊。
阿奶她娘，台北的食物其實也沒那麼糟啦，至少我麥當勞吃得很開心。
阿奶她爹，為熱愛的事業打拚時，也請適時停下腳步休息。感謝您。

品毅，衝事業不要忘記多跟朋友聚聚，騎車拜訪客户注意行車安全！

品翰，保重身體，近期的你真是多災多難……該去拜拜了吧。

ChunAn，感謝一直以來的支持還有日常療癒人心的貓貓照片！Maru跟香檳真的可愛。

本王，成為好友的第一天就被宵夜稽查了，讚啦。

姿蘭，感謝一直默默按讚支持，感恩的心感謝有你。

重文，交女朋友了一直放閃，真是閃屁喔幹。要幸福喔！

品竹，樓主好人一生平安，感謝日常支持與問候！替我跟洛基打招呼！

柏毅，被盜文時感謝你仗義直言，人間處處有溫情。

天涯，最正的獅子媽，帶小獅子跟工作兩頭跑辛苦了，希望有天能夠真正出現淨土。

HsiaoYuan，新婚愉快，要幸福啊！新郎很帥氣喔！

KadoKado小編，肉醬名單一定要把默默關注支持的你給補上才行！

大廚清點完畢，不管是失而復得的肉醬，或是新來的肉醬，全部都到齊了，沒有遺漏。

花了一番時間，大廚把所有肉醬搬上冷凍宅配車，然後回到駕駛座，脫下外套與手套，呼了一口氣。

結束了。

大廚轉動鑰匙，握住方向盤。

大廚哼起〈Red Right Hand〉這首歌，載著他寶貝的肉醬們，前往全新的家。

真是溫馨歡樂的肉醬大家庭。

番外篇四　夜深時分的奇幻旅程

酒吧吧檯前，一個黑衣黑裙的纖瘦女人啜飲紅色漸層的調酒，草莓在鮮紅的酒液中晃盪。女人放下酒杯，托腮發呆，展示了好看的側臉。

周圍的男性客人們投以注目，不只因為女人姣好的外貌，還因為她落單的身影引人好奇。

一杯調酒飲盡，女人用舌尖撥弄杯中剩下的草莓，捲入口中。女人的臉蛋泛出紅暈。

略顯醉態的女人結了帳，離開酒吧。幾個早已留意的男性客人互相打量彼此，都在猶豫該不該出手。

一個男人搶先跟了上去，其他人暗叫可惜。

外頭是讓人耳朵發涼的冬夜，冷風颳過街道，幾片落葉發出沙沙聲。離開酒吧的黑衣女人手扶牆，緩慢走著。

追出來的男人過來搭話：「小姐，你還好嗎？要不要我帶你去找地方休息？」

「會不會太麻煩你了？」女人有 雙迷濛的雙眼，聲音很輕。

「不會，當然不會！」

「我剛好知道一個地方……你帶我去。」女人說。

「好啊，要去哪都給你挑！」男人知道成功了，剛才女人用舌頭玩弄酒杯裡的草莓，在他的眼裡就是挑逗、釋出信號。

男人上前要攙扶女人，手才剛伸出，女人便輕飄飄走開，讓他連衣角都碰不著。

「想跟我玩遊戲？」男人以為是女人欲擒故縱，覺得有趣。他一路尾隨在後，與女人來到巷弄裡的陰影處，還恰好是路邊監視器的死角。

幾分鐘後，一台休旅車從巷子裡駛出。黑衣女人坐在副駕駛座，開車的卻是個少年，有一張清秀略帶稚氣的臉龐，帶著幾分學生氣質。

而剛才那名男人，昏迷的他被扔在後座的腳踏墊上，手腳都被束帶控制，嘴巴還纏了膠布。以為能有火辣一夜情的他，醒來後恐怕要悽慘地發現，事態不是願望落空這樣單純。

「你說得沒錯，真是太簡單了。」手握方向盤的少年說。

「為什麼總是會有愚笨的羊崽搶著上鉤呢？」女人微笑。

「因為他們都用其他充血的器官代替大腦思考。」

女人聽出少年的醋意。「謝謝你東頤，特地陪我出來獵捕。」

「畢竟我會擔心嘛。寧夏姐姐，他的髒手沒有碰到你吧？」

「他沒有機會的。」寧夏自信地笑著。「如果碰到的話，你會怎麼樣呢？」

「這個嘛……人少了手掌是不會死的，對吧？」

「如果有做好止血處理的話。」寧夏調侃：「素食鬼是不是該改名，叫做吃醋鬼？」

「什麼啊……我才沒有吃醋。」東頤別過頭。「只是啊，最近我幫忙照顧你關在地下室鐵牢的那些羊崽，覺得自己好像變成牧場飼育員。」

東頤要定期從外頭連接塑膠水管，沖洗鐵牢裡的羊崽，還要負責準備乾糧跟飲水。如果羊崽開始躁動，就得重新打針讓他們安分。東頤都快養出心得了，甚至幫每隻羊崽另外取名。

「原來造成你這麼大的困擾，是我不好。」寧夏補了句：「我請別人接手吧。」

「什麼？你聽我說，我不是怪你，我的意思是……」

「是什麼？」

「不，沒有。」東頤轉移話題：「直接回社區嗎？」

寧夏托腮思考，於是東頤明白她還不想回去，便提議：「想要續攤再喝嗎？還要順便多抓幾隻羊？」

「倒也不是。酒喝多了突然開胃，想吃點東西。最好是暖呼呼的，還要包含美好的精緻澱粉。」

「這樣啊……現在不知道還有什麼店開著？」東頤瞄了儀表板的顯示時間，凌晨三點多，此刻的選擇相當有限。

素食鬼開著車，帶寧夏在夜深的大街兜轉，終於看見發亮的招牌，以及從店裡冒出的白色熱氣，是永和豆漿。

東頤轉頭，與寧夏對視。無須言語，他便明白她在想什麼。

素食鬼在附近停車。

××××

進入瀰漫食物香氣的溫暖店裡，寧夏攜著東頤找了位子坐下。兩人拿了點餐單，一面打量櫃檯展示的餐點，一面畫單。

寧夏點了熱豆漿跟燒餅油條，還要了一份小籠包。東頤則選了韭菜盒子配冰豆漿混米漿。

幾分鐘後，店員阿姨端來食物，熱情招呼：「那邊有醬油膏跟辣椒醬，旁邊有小碟子。」

東頤道謝，把上桌的食物區分，然後主動去裝辣椒醬。他知道寧夏非常喜歡吃辣。

「這樣的量夠多嗎？」東頤把裝了辣椒醬的碟子放到寧夏手邊。

「嗯，夠了。」寧夏輕啜熱豆漿，然後遞給他。「這家的豆漿好喝。」

「咦？」東頤看著遞來的豆漿。「間接接吻？」

寧夏望著他笑，反問：「怎麼了？又不是沒親過。」

「是、是沒錯啦……唉，你現在的強攻氣場還是讓我很不習慣。」東頤嘆氣，捧起豆漿試喝，發現味道真的不錯，不是摻了很多水、口感稀薄的那種豆漿，相當濃醇香。

「好喝。」東頤點點頭，把豆漿推回給寧夏。

寧夏正在小口吃燒餅油條，挪出一手把垂落的黑髮撥到耳後。這樣簡單的舉動卻非常迷人。東頤一時看傻，回神後發現她嘴邊黏著白芝麻粒。

「寧夏姐姐。」

「嗯？」

東頤伸出手指，取下寧夏唇邊的白芝麻，放進自己嘴裡吃掉，隨後得意地昂起頭。哼哼，我的反攻如何？東頤驕傲地心想。

寧夏看透東頤的用意，對他挑眉，燦爛地笑問：「就這樣？有點弱呢。」

東頤瞬間石化，哀怨自問：「是不是綽號的問題？被叫做素食鬼的我，就連攻勢都如此草食性嗎……」

寧夏輕拍東頤的頭，調侃中帶著幾分寵溺：「加油囉，素食鬼，隨時等你反攻。」

「養羊人，你不要再刺激我了。不然我就放生你那些羊崽。」

兩人維持笑鬧氛圍，不著痕跡地交換眼神，裝作沒事繼續用餐。

享用完宵夜，東頤與寧夏結帳離開，卻沒有返回休旅車，而是故意走遠，轉進小巷。

不久之後，一名男人快步走出永和豆漿，也進入小巷。

男人發現失去寧夏與東頤的蹤跡，來回張望搜尋。經過下一個轉角，男人發現前方有纖瘦的黑衣身影，立刻跟上去。

就在這時，素食鬼無聲從後方接近，迅速抽出小刀，架在男人的頸上。

「不要亂動。」素食鬼低聲威脅。

男人倒不慌張，鎮定舉起雙手。「我沒有別的意圖。」

故意當餌的養羊人翩然轉身，她跟東頤早在店裡就發現這個不對勁的男人。

「跟蹤我們是為了什麼呢？」寧夏打量男人。「你有跟我們類似的味道。」

「不，我不是你們那一邊的，我推崇愛與和平，是讀者公認的純樸白紙。」

「讀者？」東頤問。

「我是小說家，以殺人魔為主題撰寫小說，跟蹤你們是想取材。」

「你怎麼認得出來？」東頤不明白。「我們隱藏得很好。」

「大概是接觸多了，所以能分辨。可能是氣場啊，還有氣味都不一樣。沒辦法，觀察各種人是寫小說的基本功課嘛。」小說家解釋。「你們不信對吧？就像我明明是純樸的白紙一張，但讀者都不相信。」

「你剛剛不是說讀者公認嗎？」東頤指出男人話中的矛盾。

「呃，是口誤。」

「好吧。小說家先生，您說的取材是什麼意思呢？」養羊人詢問的口吻雖然客氣，卻暗藏十足的威脅性。

「就是字面上的意思。我接近各種殺人魔並觀察，以他們為模板去寫作。」

「不惜跟蹤殺人魔？不怕自己有生命危險？」素食鬼問。

「每個職業都有風險嘛，小說家就是充滿好奇的生物。不好意思打擾你們吃宵夜。下次一定要試試那間永和豆漿的水煎包，記得沾辣油。不是辣椒醬，不要拿錯。」男人補充：「還要配冰豆漿，一口氣喝掉半杯很痛快。」

東頤歪頭打量，心想這男人不只跟蹤殺人魔，居然還向殺人魔推薦宵夜？

「你這個人不太正常喔。」東頤說。

男人同意：「所以才會當小說家。」

「小說家先生，考你一個問題，如果你能給出有趣的答案……」

「就不殺我對嗎？」

「真沒禮貌，打斷我說話。」寧夏面無表情地訓斥。

男人聳聳肩，表示抱歉。

沉默幾秒，寧夏再度開口：「你以為，小說家跟殺人魔有什麼共通處？」

東頤聽了也好奇，小說家會給出什麼答案？該不會是都能殺人吧？一個是在故事裡製造屠殺，另一個則在現實之中玩弄血肉。

小說家想了想，用無所謂的口氣回答：「都有不被常人理解的瘋狂吧。」

×××××

昏暗的休旅車裡，東頤跟寧夏坐在各自的位子。駕駛座與副駕駛座。

「他說我們不被常人理解。」東頤先開口，他的半張臉藏在陰影裡。「我早就明白這點了，但是聽起來真哀傷。」

「我不在意。我們互相理解。」寧夏輕輕勾著東頤的手指。「我跟你。」

寧夏跟東頤挨近對方。額頭貼著額頭，閉起雙眼，鼻尖輕碰，溫熱的呼吸落在對方身上，接著是自然貼緊的唇。

世界就此靜止，只剩彼此。

「嗯，我跟你。」雙唇分開之時，東頤複誦寧夏的話。

車裡的人數並沒有增加。東頤拿出手機，好奇搜尋那名自稱小說家的男人，發現真的有以殺人魔為主題的相關作品。

「寧夏姐姐，那傢伙不會真的把我們寫進小說吧？」

「反正知道他的筆名了，要找出他不是難事。」

於是從這一晚開始，兩名殺人魔留意起那個名叫崑崙的小說家，做好隨時滅口的準備。

番外篇五　歡迎入住屠羊社區

【吉屋出租】

租金：一萬一千元／月

管理費：免管理費

類型：整層住家

格局：兩房一廳一衛浴，含陽台與對外窗。

坪數：二十五坪

屋齡：十五年

仲介備註：房租甜甜價誠可議，屋主做功德少量釋出，僅此一間，意者盡速洽詢。

郁珊認為自己真是撿到寶。

因為租約到期而苦惱的她，竟然發現收費便宜、格局與採光都很棒的新租屋，環境也清幽。少數缺點是通勤有些距離，但是這樣優惠的租金讓她無法拒絕。

起初郁珊以為是凶宅，不過查詢相關新聞，確定附近沒人自殺也沒鬧鬼。負責接洽的仲介相當熱情，雖然嗓門很大有些吵，還一直拿「甜甜價」當口頭禪，但是不管郁珊問什麼都大方回答，毫不躲閃。

仲介的態度如此乾脆，減少郁珊擔心是凶宅的顧慮。

加上看屋的那天，從窗外透入的清爽日光，把潔白的地板與牆面照得一陣發亮，窗簾隨風輕輕搖晃，這樣美好的居家景象讓郁珊陶醉。

所以郁珊就當是運氣好，以為真的是屋主做功德，當天馬上簽約。

就這樣，郁珊與老公還有兩個孩子一起入住。搬入家具還有初步整理就花去不少時間，兩個剛上小學的孩子精力充沛，好奇地四處亂跑，增加整理的麻煩。

搬家這天，郁珊一直忙到接近午夜，才終於告一段落。

她拖著兩個精力過剩的孩子進浴室洗澡，孩子在浴缸裡互相潑水，發出尖叫跟笑聲。

在混亂的水聲中，郁珊突然聽見奇怪的聲響，像是某種動物的嚎叫。她納悶地尋找聲音來源，發現熱水流進黑暗的排水孔時不斷發出咕嚕嚕的悶響。

郁珊猜應該是水聲吧？

一個孩子突然大哭，哭聲在浴室裡放大震盪，讓郁珊想摀耳朵。原來是沐浴乳跑進孩子的眼睛，郁珊便不再管奇怪的聲音，先安撫孩子。

結束混亂的洗澡戰役，郁珊拖著兩個孩子離開浴室。兩個孩子興奮地光著身體在屋裡追逐，讓累壞的郁珊咋舌，心想孩子真是精力過剩，跑了一整天都不累，她光是打理搬家的事就去掉半條命。

「好了，快睡覺了！」郁珊喊著，把孩子們趕回房間，然後才轉身走進臥房。郁珊的老公躺在床上滑手機，螢幕的光照得臉一陣發亮。

「下禮拜六要不要找朋友來烤肉？」老公頭也沒抬，還是盯著手機。「我看過了，中庭的空間很大，可以烤肉。」

「可以啊，人給你找，食材也給你買。我搬家忙到快累死了。」郁珊說。

看見老公點點頭，郁珊也沒意見了，只是她突然好奇起來，為什麼平常懶散、遇到麻煩就要躲的老公變得那麼乾脆？難道是轉性了？

「要不要找房東一起烤肉？」老公突然問。

房東？郁珊的腦海馬上浮現一名纖瘦的黑衣女人，在搬進來的時候匆匆打過照面，長得很好看，皮膚白皙得像拍化妝品廣告的女明星……不只年輕，又有美貌跟財富，讓郁珊沮喪又憤怒，真是人比人氣死人。

「想搭訕人家？」郁珊沒好氣地問。

「沒有啊……就套個交情，人家租得便宜，讓我們省很多錢……」老公越講越心虛，講不下去了。

郁珊一翻身，氣得直接睡了。

累壞的郁珊很快睡著，在夜最深的死寂之際，她突然驚醒。驀然睜眼的她不知道是不是聽錯，好像有人在慘叫，她正是因此醒來。

郁珊從床上坐起，豎耳細聽，卻只聽到身旁老公睡死的響亮鼾聲。郁珊聽了幾分鐘，都沒有再聽見慘叫，只好認為是自己累壞了，就像常常有人睡覺時會夢見自己從高處墜落而驚醒，大概是類似道理，只是她夢到了慘叫。

郁珊重新躺回床上，慢慢睡去。

接下來幾天，郁珊住得很開心，兩個孩子也很有活力，整天又跑又跳，在屋裡追逐尖叫。讓郁珊慶幸搬了家，換到更寬敞的空間而不是市區的鳥籠，可以不用那麼窒息。

其他住戶也非常友善，在走廊遇到時都會親切問候郁珊，問郁珊住得還習不習慣？有的住戶熱情地邀請郁珊去家裡坐坐，不過郁珊想到要顧小孩，所以都先謝絕。

住戶不只友善，還非常慷慨。某次有個住戶來按電鈴，是個穿著灰色襯衫，氣質略顯滄桑的斯文男人。男人送了親手烹煮的肉醬，說是給郁珊這家新鄰居的禮物。

郁珊收下後試著煮來吃，發現肉醬非常可口！那種濃郁的滋味與滑順的口感是她從未吃過的，打算下次遇到這名住戶，一定要仔細詢問食譜。

另外讓郁珊訝異的是仲介也住在這座社區，而且另外經營網拍生意。當那名仲介知道郁珊要烤肉，馬上提議可以幫郁珊訂購食材跟飲料。

「既然是同社區的住戶，一定給你算甜甜價！」

×××××

很快來到郁珊跟朋友們約定好烤肉的週末。因為有那名仲介住戶的幫忙，郁珊跟她老公輕鬆準備好食材跟飲料，還入手全新的烤肉架。

這天是好天氣，陽光一早就探頭入屋。醒來的郁珊伸了懶腰，確信今天會是美好的假日。

時間來到下午，郁珊跟她老公陸續將準備好的食材還有烤肉架搬下樓，來到中庭預定的烤肉位置。兩個孩子吵著要幫忙，結果東西才拿沒幾樣，人就跑掉了，在走廊上失控地尖叫追逐，腳步聲響徹整座假日的社區。

郁珊往烤肉架擺放木炭時，發現有輕飄飄的黑影經過。

原來是穿著黑衣與黑長裙的女房東。

「啊，你們要烤肉嗎？」女房東問。

郁珊的老公搶著回答：「對啊，要不要一起來烤？我買了很多好吃的，還有和牛，很貴的！店員說這是很高級的品種，一定好吃！」

郁珊看出老公眼中的色眯眯，是看到漂亮女生要搭訕的垂涎嘴臉。她偷踹老公一腳，然後說：「不要突然約人家，人家很忙吧！」

「沒關係，謝謝邀請。」女房東微笑，翩然走遠。

郁珊的老公望著女房東的背影，一直收不回目光，讓她氣得再踹一腳。

「你幹嘛啊！」郁珊的老公怒罵。

「我才想問你幹嘛，看到漂亮女生就失心瘋了是不是？」

「我哪有！禮貌上應該要問啊，做人的道理都是這樣吧……」郁珊的老公又是心虛。

這時候手機響了，朋友已經來到附近，所以來電聯絡。郁珊的老公馬上丟下食材，藉口說要去接朋友進來，匆匆逃跑。

約好要烤肉的朋友陸續來了，開著自家汽車抵達，直接停在社區大門外，有的是一家大小都來赴約，有的朋友還未有小孩，便只攜伴參加。

寧靜的社區頓時變得鬧哄哄的，充滿郁珊一夥人的歡笑與談話聲。孩子們到處探險，又再玩起你追我跑。

為了好好招待朋友，郁珊盡責地一直烤肉，讓朋友們開心吃喝。

烤肉的香味瀰漫開來。夕陽慢慢消失在社區的天邊，黑夜來得很快。幾個朋友喝了酒，嗓門更大了，越加放縱地喧鬧起來。

郁珊還沒發現，今天社區亮的燈似乎特別少，只有他們一夥人落在光亮處，大部分的社區都籠罩在黑影之中。

就在大家起鬨得正開心時，停在社區門口的車發出警報聲，竟然有一頭熊……不，是個肉壯大漢在徒手推車。

來烤肉的兩名男性友人發現自己的車被粗暴移動，衝上去要跟壯漢理論。

「你推我車幹嘛？喂，這裡刮到了！你給我賠！」喝醉的朋友膽子大了起來，面對肉壯大漢也是無所畏懼地叫囂。

「擋住出入口了。」壯漢高高舉起厚實的手掌，重重搧落，兩個朋友被打倒在地。擊肉的重響驚起郁珊一夥人的尖叫與驚呼。

壯漢像拎垃圾般揪住兩個朋友的後領，一路拖行，走進不被光照見的陰影處。

郁珊一夥人看傻了，回神後才想到該報警。幾名友人打算要去查看，結果才剛站起，突然身體軟掉摔倒，一個個昏迷。

其他幾個朋友也是紛紛癱軟，其中幾人手上的塑膠杯跟著落地，裡頭的液體灑了一地。孩子們則是早早就像糨糊般癱著不動。

郁珊也跟著暈眩，發現全身無法出力，慢慢從椅子上軟倒，膝蓋磕著堅硬的磁磚地板，卻連改變姿勢的力氣都沒有了。

郁珊不知道怎麼會這樣？難道是集體食物中毒？可是她沒有感受到腹痛，只有無力跟暈眩。只剩眼珠還能移動的郁珊到處亂看，發現暗處中有很多影子，正往這裡聚集過來。

首先露面的是一身黑衣的女房東，她的笑容如此優雅，膚色像月下晶瑩的白雪……

那個笑容看得郁珊心裡發寒。

「你們帶給社區很多困擾。」女房東微笑。

「吵死人了，真的吵死了！」一個粉橘色頭髮的女孩從陰影裡跳出來，她瞪著郁珊昏死的兩個孩子，怒罵：「整天又跑又跳的，都沒想到樓下住戶會被吵到嗎！啊！」

「他們只是孩子，孩子不懂這些……」郁珊下意識辯解：「小孩子就是愛玩啊……」

一個穿灰色襯衫，看似歷經風霜的男人踏出陰影，手上還拿著湯杓。郁珊認出是送來肉醬的住戶。

「孩子的教育不能等，如果父母沒有教好，孩子將來要面對非常慘痛的教訓。」灰襯衫男人說完，突然感慨：「也許不必等到將來，今晚就要付出代價了。」

「好了，你們這些吵死人的小屁孩，讓我來教教你們什麼叫安靜！什麼叫做尊重樓下住戶！」粉橘色頭髮女孩把孩子們陸續搬上推車。

另一個熟悉的臉孔踏出陰影，是替郁珊張羅食材的仲介，嗓門還是那麼大：「啊，你們都看到啦！這批藥的效果很好啊，這些羊崽沒一個能動了。之後會加到團購單，想要的別客氣，一定都給甜甜價，用力下訂啊！」

藥？什麼藥？郁珊嚇壞了，隨後想到是仲介在食物跟飲料裡動手腳。郁珊因為顧著烤肉招呼朋友，吃得最少，也沒怎麼碰飲料……所以她才沒完全暈死。

「你放心，藥效很強。」女房東勾起一抹淺笑，彷彿在嘲笑郁珊的蠢。「即使你沒喝也沒關係，你逃不掉。」

「哎唷，人家忍了一整天，真是吵死人了，烤個肉讓整座社區不得安寧，你們真是太自私了，人家要好好教訓你們才能消氣。」一個濃妝豔抹的女人……不，是男人才對，郁珊看清楚那張男大姐臉孔，嚇得更正。

「車子還亂停，這樣斜插在社區門口，不管其他住戶進出，害我的貨車下午都進不來啊。」習慣喊著甜甜價的仲介不斷搖頭。

郁珊目睹其他朋友接連被社區住戶們拖走。有一名朋友跟郁珊一樣，吃喝都不多，還沒完全失去意識，突然伸手抓住女主人的腳踝。

這時一個少年迅速踏出，重重踩在那名朋友的手腕上，讓朋友痛得慘叫。

「拿開你的髒手。」那名少年威嚇：「我不殺不想死的人，但是不介意砍掉你的手掌。」

少年加重腳上力道，朋友痛得鬆手，隨後昏了過去。

郁珊仍是眼睜睜看著，她的頭好昏、視線在旋轉……快要失去意識了。她在昏迷之前，最後聽見的，是女主人輕如鬼魅的低語——

「謝謝你帶來這麼多羊崽，社區會好好享用這些禮物。」

（番外篇完）

後記

你好，我是崑崙。

感謝讀到這裡的你。

很開心《屠羊社區的小祕密》能夠出版，收到編輯通知確認實體書化時，真是嚇了一跳。

身為作者，當然希望能夠出書，尤其ALOKI老師畫了超美的封面，想到可以將這本書供起來就很開心。再次感謝ALOKI老師，完全畫出寧夏黑化後的那股病態感！

說回故事，這次的《屠羊社區的小祕密》如何？好笑嗎？惡趣味嗎？充滿嘲諷嗎？

最初的靈感是在想：「如果撿了一個殺人魔回家，會發展成什麼樣的故事？」本來打算寫得嚴肅一點，飽含各種悲傷順便嘲諷社會亂象之類的。但是想了想，大家的生活已經夠難受了，閱讀時還要這樣被我折磨實在太痛苦了，所以這次走輕鬆愉快的路線。

於是就有了這個一堆角色一本正經講幹話的故事了。

雖然某種程度上呈現了充斥各類殺人魔的異世界感，不過在實際的生活之中，兇殺案從沒少過，沒有人是真正安全的。不管是隨機殺人或預謀犯案，困在這座小島的我們都不陌生。

看到殺人魔們嘻嘻哈哈談論殺害羊崽的話題，是不是挺微妙的呢？有體驗到其中無法被教化逆轉的本性嗎？

順便補充說明，第三個番外篇〈大廚與他的快樂肉醬〉可能讓部分讀者看得很困惑，其實是趁這個機會對讀者們說話。其中的一些奇妙名字，其實是讀者在網路上的暱稱。

至於「肉醬」的由來，是發現有角色跟讀者撞名了，所以開玩笑在社群發文問該怎麼辦？沒想到讀者們踴躍報名，希望出現在故事裡。也因為我的作品常常脫離不了死人甚至死很多人的情節，所以報名的讀者們開始戲稱自己是肉醬。

——讀者的官方綽號就叫「肉醬」了！謝謝人家！

後來在寫屠羊社區時，便抱著這樣的設定會很有趣的心情，安排了名叫「大廚」的角色，興趣是製作肉醬，至於肉醬的來源……嗯，看到這裡的你應該懂了。

在故事裡成為肉醬的人，名字都是來自肉醬名單，全部都是自願報名的讀者。

因為篇幅的關係，不可能把名單上的肉醬全部放進去，也因為報名的讀者實在太多，不知道要寫到第幾部小說才能結束掉。

就在這時候，有個點子跑出來了，就是直接在故事中列出肉醬名單。考慮到大概是唯一一次這樣玩，所以還做了最後一次的肉醬募集。前前後後真的累積不少。

只列出名單又太無聊了，於是決定對每個肉醬說句話。

為了完成那一句話，我需要點進每個報名肉醬的讀者的社群頁面，看他們大概是什麼樣的人。喜歡什麼、討厭什麼，平常都在關注什麼？

有些肉醬時常按讚留言互動，有印象所以寫起來很快；有些肉醬習慣潛水，頁面又是分享貼文居多，很少自己說話，這部分特別麻煩。

大家有沒有看過《鋼之鍊金術師》這部漫畫？在寫對肉醬說一句話的那段期間，我腦袋常浮現愛德華他老爸對每個被鍊成賢者之石的靈魂說話的片段……

差不多是那種感覺。不容易哩。

在這次實體出版修稿時，猶豫要不要把沒報名肉醬的老讀者加進來。猶豫很久，後來想想還是尊重他們的意願，不擅自添加了。

總之暫時結束了，不管是對肉醬說的話，或是這個故事。都結束了。

再次感謝你看完這個故事，希望有帶給你一些歡樂，讓你短暫忘卻現實的屎尿爛事。

還有感謝平台營運經理Lorraine、編輯育婷、KadoKado角角者團隊。

謝謝他們從連載期間一直到籌備實體書，以及出版後的付出與協助。作品的完成從來不是作者一人得以促成，背後還有許多人在默默耕耘，為了讓讀者們享受到閱讀的樂趣而努力。

當然還因為幸運有讀者的支持，才能讓整部作品不會淪為作者自說自話的孤單獨角戲。謝謝你們。

最後讓我偷偷宣傳社群帳號：

Twitter:odium_er Instagram:odium.er Facebook:崑崙Odiumer

可以在這裡找到我的日常碎念還有更多的廢文。

有緣再見。

你會喜歡我的小說。

崑崙

國家圖書館出版品預行編目資料

屠羊社區的小祕密 / 崑崙作 . -- 初版 . -- 臺北市：
臺灣角川股份有限公司 , 2023.01
面； 公分
ISBN 978-626-352-180-3(平裝)

863.51 111018521

屠羊社區的小祕密

作者・崑崙
插畫・ALOKI

2023 年 1 月 27 日 初版第 1 刷發行

發行人・岩崎剛人
總監・呂慧君
編輯・陳育婷
美術設計・李曼庭
印務・李明修（主任）、張加恩（主任）、張凱棋

台灣角川

發行所・台灣角川股份有限公司
地址・104 台北市中山區松江路 223 號 3 樓
電話・（02）2515-3000
傳真・（02）2515-0033
網址・www.kadokawa.com.tw
劃撥帳戶・台灣角川股份有限公司
劃撥帳號・19487412
法律顧問・有澤法律事務所
製版・尚騰印刷事業有限公司
ＩＳＢＮ・978-626-352-180-3